Rosario

PAPELES DE PANDORA

Rosario Ferré nació en 1938 en Ponce, una ciudad en la costa sur de Puerto Rico. Se graduó en Literatura Inglesa el año 1960 en el Manhattanville College, obteniendo posteriormente una maestría de Literatura Española y Latinoamericana en la Universidad de Puerto Rico y, años más tarde, un doctorado en la Universidad de Maryland. Comenzó a escribir en la década de los setenta, primero como redactora y editora de la revista literaria *Zona de carga y descarga,* que publicaba trabajos de jóvenes escritores puertorriqueños. Colaboradora asidua de *El Nuevo Día* y del *San Juan Star,* Rosario Ferré ha explorado todos los géneros literarios, publicando relatos, poesía, ensayos, biografías y dos novelas. Con la primera, *Maldito amor,* ganó el Premio Liberatur del año 1992 en Frankfurt, y la versión inglesa de la *La casa de la laguna* fue finalista del National Book Award. Rosario Ferré está considerada una de las escritoras más importantes de Puerto Rico.

PAPELES DE PANDORA

PAPELES
DE
PANDORA

Rosario Ferré

VINTAGE ESPAÑOL
Vintage Books
Una división de Random House, Inc.
Nueva York

PRIMERA EDICIÓN EN ESPAÑOL DE VINTAGE,
SEPTIEMBRE DE 2000

Biblioteca del Congreso Catalogando-en-Datos
Ferré, Rosario.
Papeles de Pandora / Rosario Ferré.— 1. ed. en español en Vintage.
p. cm.
ISBN 0-375-72469-9
I. Title.
PQ7440 F45 P3 2000
863'.64—dc21   00-028977

www.vintagebooks.com

Impreso en los Estados Unidos de América

10 9 8 7 6 5 4 3 2 1

Pandora fue la primera mujer sobre la tierra.
Zeus la colocó junto al primer hombre, Epimeteo,
y le regaló una caja donde estaban encerrados
todos los bienes y todos los males de la
humanidad. Pandora abrió la caja fatal y su
contenido se esparció por el mundo, no quedando
en ella más bien que el de la esperanza.

PAPELES DE PANDORA

La muñeca menor

La tía vieja había sacado desde muy temprano el sillón al balcón que daba al cañaveral como hacía siempre que se despertaba con ganas de hacer una muñeca. De joven se bañaba a menudo en el río, pero un día en que la lluvia había recrecido la corriente en cola de dragón había sentido en el tuétano de los huesos una mullida sensación de nieve. La cabeza metida en el reverbero negro de las rocas, había creído escuchar, revolcados con el sonido del agua, los estallidos del salitre sobre la playa y pensó que sus cabellos habían llegado por fin a desembocar en el mar. En ese preciso momento sintió una mordida terrible en la pantorrilla. La sacaron del agua gritando y se la llevaron a la casa en parihuelas retorciéndose de dolor.

El médico que la examinó aseguró que no era nada, probablemente había sido mordida por una chágara viciosa. Sin embargo pasaron los días y la llaga no cerraba. Al cabo de un mes el médico había llegado a la conclusión de que la chágara se había introducido dentro de la carne blanda de la pantorrilla, donde había evidentemente comenzado a engordar. Indicó que le aplicaran un sinapismo para que el calor la obligara a salir. La tía estuvo una semana con la pierna rígida, cubierta de mostaza desde el tobillo hasta el muslo, pero al finalizar el tratamiento se descubrió que la llaga se había abultado aún más, recubriéndose de una substancia pétrea y limosa que era imposible tratar de remover sin que peligrara toda la pierna. Entonces se resignó a vivir para siempre con la chágara enroscada dentro de la gruta de su pantorrilla.

Había sido hermosa, pero la chágara que escondía bajo los largos pliegues de gasa de sus faldas la había despojado de toda vanidad. Se había encerrado en la casa rehusando a todos sus pretendientes. Al principio se había dedicado a la crianza de las hijas de su hermana, arrastrando por toda la casa la pierna monstruosa con bastante agilidad. Por aquella época la familia vivía rodeada de un pasado que dejaba desintegrar a su alrededor con la misma impasible musicalidad con que la lámpara de cristal del comedor se desgranaba a pedazos sobre el mantel raído de la mesa. Las niñas adoraban a la tía. Ella las peinaba, las bañaba y les daba de comer. Cuando les leía cuentos se sentaban a su alrededor y levantaban con disimulo el volante almidonado de su falda para oler el perfume de guanábana madura que supuraba la pierna en estado de quietud.

Cuando las niñas fueron creciendo la tía se dedicó a hacerles muñecas para jugar. Al principio eran sólo muñecas comunes, con carne de guata de higüera y ojos de botones perdidos. Pero con el pasar del tiempo fue refinando su arte hasta ganarse el respeto y la reverencia de toda la familia. El nacimiento de una muñeca era siempre motivo de regocijo sagrado, lo cual explicaba el que jamás se les hubiese ocurrido vender una de ellas, ni siquiera cuando las niñas eran ya grandes y la familia comenzaba a pasar necesidad. La tía había ido agrandando el tamaño de las muñecas de manera que correspondieran a la estatura y a las medidas de cada una de las niñas. Como eran nueve y la tía hacía una muñeca de cada niña por año, hubo que separar una pieza de la casa para que la habitasen exclusivamente las muñecas. Cuando la mayor cumplió diez y ocho años había ciento veintiséis muñecas de todas las edades en la habitación. Al abrir la puerta, daba la sensación de entrar en un palomar, o en el cuarto de muñecas del palacio de las zarinas, o en un almacén donde alguien había puesto a madurar una larga hilera de hojas de tabaco. Sin embargo, la tía no entraba en la habitación por ninguno de estos placeres, sino que echaba el pestillo a la puerta e iba levantando amorosamente cada una de las muñecas canturreándoles mientras las mecía. "Así eras cuando tenías un año, así cuando tenías dos, así cuando tenías tres," reviviendo la vida de cada una de ellas por la dimensión del hueco que le dejaba entre los brazos.

El día que la mayor de las niñas cumplió diez años, la tía se sentó en el sillón frente al cañaveral y no se volvió a levantar jamás. Se balconeaba días enteros observando los cambios de agua de las cañas y sólo salía de su sopor cuando la venía a visitar el doctor o cuando se despertaba con ganas de hacer una muñeca. Comenzaba entonces a clamar para que todos los habitantes de la casa viniesen a ayudarla. Podía verse ese día a los peones de la hacienda haciendo constantes relevos al pueblo como alegres mensajeros incas, a comprar cera, a comprar barro de porcelana, encajes, agujas, carretes de hilos de todos los colores. Mientras se llevaban a cabo estas diligencias, la tía llamaba a su habitación a la niña con la que había soñado esa noche y le tomaba las medidas. Luego le hacía una mascarilla de cera que cubría de yeso por ambos lados como una cara viva dentro de dos caras muertas; luego hacía salir un hilillo rubio, de cera derretida, por un hoyito en la barbilla. La porcelana de las manos era siempre translúcida; tenía un ligero tinte marfileño que contrastaba con la blancura granulada de las caras de biscuit. Para hacer el cuerpo, la tía enviaba al jardín por veinte higüeras relucientes. Las cogía con una mano y con un movimiento experto de la cuchilla las iba rebanando una a una en cráneos relucientes de cuero verde. Luego las inclinaba en hilera contra la pared del balcón, para que el sol y el aire secaran los cerebros algodonosos de guano gris. Al cabo de algunos días raspaba el contenido con una cuchara y lo iba introduciendo con infinita paciencia por la boca de la muñeca.

Lo único que la tía transigía en utilizar en la creación de las muñecas sin que estuviese hecho por ella, eran las bolas de los ojos. Se los enviaban por correo desde Europa en todos los colores, pero la tía los consideraba inservibles hasta no haberlos dejado sumergidos durante un número de días en el fondo de la quebrada para que aprendiesen a reconocer el más leve movimiento de las antenas de las chágaras. Sólo entonces los lavaba con agua de amoniaco y los guardaba, relucientes como gemas, colocados sobre camas de algodón, en el fondo de una lata de galletas holandesas. El vestido de las muñecas no variaba nunca, a pesar de que las niñas iban creciendo. Vestía siempre a las más pequeñas de tira bordada y a las mayores de broderí, colocando en la cabeza de cada una el mismo lazo abullonado y trémulo de pecho de paloma.

Las niñas empezaron a casarse y a abandonar la casa. El día

de la boda la tía les regalaba a cada una la última muñeca dándoles un beso en la frente y diciéndoles con una sonrisa: "Aquí tienes tu Pascua de Resurrección". A los novios los tranquilizaba asegurándoles que la muñeca era sólo una decoración sentimental que solía colocarse sentada, en las casas de antes, sobre la cola del piano. Desde lo alto del balcón la tía observaba a las niñas bajar por última vez las escaleras de la casa sosteniendo en una mano la modesta maleta a cuadros de cartón y pasando el otro brazo alrededor de la cintura de aquella exuberante muñeca hecha a su imagen y semejanza, calzada con zapatillas de ante, faldas de bordados nevados y pantaletas de valenciennes. Las manos y la cara de estas muñecas, sin embargo, se notaban menos transparentes, tenían la consistencia de la leche cortada. Esta diferencia encubría otra más sutil: la muñeca de boda no estaba jamás rellena de guata, sino de miel.

Ya se habían casado todas las niñas y en la casa quedaba sólo la más joven cuando el doctor le hizo a la tía la visita mensual acompañado de su hijo, que acababa de regresar de sus estudios de medicina en el norte. El joven levantó el volante de la falda almidonada y se quedó mirando aquella inmensa vejiga abotagada que manaba una esperma perfumada por la punta de sus escamas verdes. Sacó su estetoscopio y la auscultó cuidadosamente. La tía pensó que auscultaba la respiración de la chágara para verificar si todavía estaba viva, y cogiéndole la mano con cariño se la puso sobre un lugar determinado para que palpara el movimiento constante de las antenas. El joven dejó caer la falda y miró fijamente al padre. "Usted hubiese podido haber curado esto en sus comienzos," le dijo. "Es cierto," contestó el padre, "pero yo sólo quería que vinieras a ver la chágara que te había pagado los estudios durante veinte años."

En adelante fue el joven médico quien visitó mensualmente a la tía vieja. Era evidente su interés por la menor y la tía pudo comenzar su última muñeca con amplia premeditación. Se presentaba siempre con el cuello almidonado, los zapatos brillantes y el ostentoso alfiler de corbata oriental del que no tiene donde caerse muerto. Luego de examinar a la tía se sentaba en la sala recostando su silueta de papel dentro de un marco ovalado, a la vez que le entregaba a la menor el mismo ramo de siemprevivas moradas. Ella le ofrecía galletitas de jengibre y cogía el ramo quisquillosamente con la punta de los dedos, como quien coge el estómago de un erizo vuelto al revés. Decidió casarse con él porque le intrigaba su perfil dormido, y porque tenía ganas de saber cómo era por dentro la carne de delfín.

El día de la boda la menor se sorprendió al coger la muñeca por la cintura y encontrarla tibia, pero lo olvidó en seguida, asombrada ante su excelencia artística. Las manos y la cara estaban confeccionadas con delicadísima porcelana de Mikado. Reconoció en la sonrisa entreabierta y un poco triste la colección completa de sus dientes de leche. Había, además, otro detalle particular: la tía había incrustado en el fondo de las pupilas de los ojos sus dormilonas de brillantes.

El joven médico se la llevó a vivir al pueblo, a una casa encuadrada dentro de un bloque de cemento. La obligaba todos los días a sentarse en el balcón, para que los que pasaban por la calle supiesen que él se había casado en sociedad. Inmóvil dentro de su cubo de calor, la menor comenzó a sospechar que su marido no sólo tenía el perfil de silueta de papel sino también el alma. Confirmó sus sospechas al poco tiempo. Un día él le sacó los ojos a la muñeca con la punta del bisturí y los empeñó por un lujoso reloj de cebolla con una larga leontina. Desde entonces la muñeca siguió sentada sobre la cola del piano, pero con los ojos bajos.

A los pocos meses el joven médico notó la ausencia de la muñeca y le preguntó a la menor qué había hecho con ella. Una confradía de señoras piadosas le había ofrecido una buena suma por la cara y las manos de porcelana para hacerle un retablo a la Verónica en la próxima procesión de Cuaresma. La menor le contestó que las hormigas habían descubierto por fin que la muñeca estaba rellena de miel y en una sola noche la habían devorado. "Como las manos y la cara eran de porcelana de Mikado, "dijo," seguramente las hormigas las creyeron hechas de azúcar, y en este preciso momento deben de estar quebrándose los dientes, royendo con furia dedos y párpados en alguna cueva subterránea." Esa noche el médico cavó toda la tierra alrededor de la casa sin encontrar nada.

Pasaron los años y el médico se hizo millonario. Se había quedado con toda la clientela del pueblo, a quienes no les importaba pagar honorarios exorbitantes para poder ver de cerca a un miembro legítimo de la extinta aristocracia cañera. La menor seguía sentada en el balcón, inmóvil dentro de sus gasas y encajes, siempre con los ojos bajos. Cuando los pacientes de su marido, colgados de collares, plumachos y bastones, se acomodaban cerca de ella removiendo los rollos de sus carnes satisfechas con un alboroto de monedas, percibían a su alrededor un perfume particular que les hacía recordar involuntariamente la lenta supuración de una guanábana. Entonces les entraban a todos unas ganas irresistibles de restregarse las manos como si fueran patas.

Una sola cosa perturbaba la felicidad del médico. Notaba que mientras él se iba poniendo viejo, la menor guardaba la misma piel aporcelanada y dura que tenía cuando la iba a visitar a la casa del cañaveral. Una noche decidió entrar en su habitación para observarla durmiendo. Notó que su pecho no se movía. Colocó delicadamente el estetoscopio sobre su corazón y oyó un lejano rumor de agua. Entonces la muñeca levantó los párpados y por las cuencas vacías de los ojos comenzaron a salir las antenas furibundas de las chágaras.

Eva María

desnuda germinaba hojas por mi cuerpo de paraíso
sabia cuando tú inocente
la manzana gustada ya en mi mano
me acerqué y te le ofrecí
para después yo misma estrangularla
o padre o patria o tierra del padre
eva fortunata amaranta maría
cuerpo jardín sellado
cuerpo huerto prometido
grávido de cabezas y de lenguas y de ojos que reposan
    esperando
mi madre tu madre sentada en el centro de la tierra
enmadejando lo que tu desenmadejas enmadejando
con los hilos de su carne
por eso parturienta con gusto partida
por eso cabeza de niño y grito entre las piernas
por eso del paraíso salida
para entrar con los ojos abiertos por las puertas del infierno

he tratado de ser como querías
buena sorda muda ciega

tomando viña 25 el día de las madres
con mi corsage puesto y mis dormilonas de diamantes
pero no he podido
los antepasados no me dejan
sobreponen en mí sus pensamientos
pieles de cebolla
se empeñan en contemplar el mar si lo contemplo
se empeñan en hacer el amor bajo la luna
cuentan todos los días las toronjas en los árboles
tocan el moriviví con la punta de los dedos
se mueven puñetean protestan
abren bocas en mis brazos y en mis manos
gritan que me arranque ya el pendejo cinturón de espuma
que me desgarre las guajanas del manto
quieren hacer saltar los rainstones de mi corona marabú
quieren desprender mi cara de niña
muñeca biscuit del siglo XIX que no debe pensar
con un hueco en la cabeza para poner flores
y me dejan la boca sangrienta de puños
cada vez que le canto a la patria

los supermercados se desbordan de comida
las petroleras las atuneras las cementeras se desbordan
los magnates desbordan yates
las joyas se desbordan de las mujeres de los magnates que
    desbordan yates
el caño coño cañón se desborda de cloacas por la playa
    de ponce
desde hace cincuenta años

y machuelito árbol de navidad colgado de neveras y
  televisores
desbordando risas cucarachas ratones niños hambrientos
  luces de colores

escogeré entre el sombrero de flores
y los hilos de sangre
entre los guantes blancos
y la tierra entre las manos
aunque me fusilen las manos
entre el mustang banda blanca con tapalodo colorado
y el tiranosauro dorado
pariré un hijo macho frente al dragón que me acecha
y después del parto
estrangularé al dragón con mi propia placenta
lo atravesaré de costado a costado
con mi hijo vara de acero
vestida de sol por las crines enmarañadas de mi pelo
me pararé con pies de gárgola sobre la luna
me coseré una a una las estrellas de los ojos
con hilo rojo
para celebrar mi victoria

La casa invisible

Hace siempre, dijiste, hundiendo los zapatos en las hojas húmedas que murmuraban regadas por el suelo. Arriba las otras (muchedumbre, lejos) cabeceando verde desigual, inquieto viento por el dorso diminuto de los insectos comejeneando sombra por la piel de los troncos, subiendo. Tenías una cinta azul en el pelo y amarrada la cintura con un delantal blanco de refectorio que te estrenaste limpio hoy. Cuando llegamos al solar donde estaba la casa cruzaste las manos detrás de ti, aplastando el lazo blanco que se quebró sin ruido pero tú lo sentiste quebrarse contra tu piel, tus brazos lo quebraron con ese deje tan tuyo de eso no importa no. Te acercaste así, mirando el sitio donde estaba la casa, el hueco de sombra derramándose por entre los balaustres de tu cara, mecido de un lado para otro por el empuje del viento. Tiene techo de cuatro aguas, dijiste, y me alegré porque supe entonces que no sería en vano, que no me había equivocado cuando te cogí de la mano y te alejé de los gritos polvorientos del recreo. Te venía observando desde hace tiempo, oculto entre los árboles al borde de la plaza, olfateando como un perro viejo tu rastro. Ahora todo lo veo oscuro, las hojas que se me pegan a la cara mirando hacia arriba el fondo, yo he visto oscuro siempre pero pronto veré claro por tus ojos, detendré el salto del unicornio sobre la palma de mi mano. Te gustaría ver la casa hoy te pregunto por undécima vez, llenándote las manos de caramelos, pero hoy tú no me preguntas nada (como ayer, cómo te llamas, qué casa dices, por qué te han crecido los cabellos largos como plumas, por qué comes raíces). Miraste por un momento el garabato de niñas agitándose sobre el polvo del patio y luego pusiste tu mano en la mía, con esa terrible sencillez con que cortas en limpio todos tus gestos. Así nos internamos juntos por el sendero, un viejo y una niña, tu risa derramada caramelos derretidos y yo recordando cómo una vez dejé de comer raíces y levanté los ojos al cielo deseando edificar mi casa, pero todo fue en vano. A mí no me había sido dada, como a ti, la mirada creadora del amor, suelta la rienda para siempre por la crin de tu cara desbordada. Subimos los escalones de dos en dos. Tú ibas ciega, descubriendo los ángulos oscuros y la superficie pulida de las tablas con tu piel, siendo en cada movimiento de moldura tallada que te salía por las puntas de los dedos, amasando el silencio por las hendiduras de todas las paredes. Ya no te quedaba la menor duda de tu destino y sin embargo te comportabas irresponsablemente, lustrosa la cinta y almidonado el delantal, correteando como una niña cualquiera. Toda la tarde nos la pasamos en esas, abriendo ventanas de musgo, trasponiendo arcos por las puertas en triángulo, tableteando persianas blanco fuerte para descascarar la luz. Ahora me siento contento porque la casa ya está terminada, dibujada por ti en su más mínimo detalle, cristalizada en tus ojos para siempre la imagen que huye, el salto del unicornio por los balaustres de tu cara. Por eso no me importó cuando hace un momento me detuve solo en el sendero para contemplarla por última vez y vi que ya no estaba.

El hombre dormido

El hombre sigue durmiendo en medio del zumbido luctuoso y brillante de los zánganos, arañado de cuando en cuando por la ira de las avispas como por la punta de una plumilla afilada sobre la plancha de acero. Pero no es así que este hombre debe alcanzar la inmortalidad, no con el odio impersonal del ácido sobre la plancha, no con medidas matemáticas de espacio blanco encasillado en celdas de bordes cortantes y filos delgados de tinta negra sino suavemente, blandamente, manchando, acariciando el cabello de espuma vieja, las manos cruzadas sobre el pecho, la red algodonosa y polvorienta que lo abriga desde hace tanto tiempo. Las losas del piso se van enfriando bajo mis manos que no cesan de dibujar, el hombre siempre duerme. No tengo prisa. Todas las tardes es igual, espero a que se duerma, vengo y me siento cerca de él sin hacer ruido, esparzo mis papeles sobre las losas, atisbo su respiración cada vez más pausada, más reseca. Todas las tardes me siento en este mismo lugar y espero, arranco las raíces de mis pensamientos y las coloco sobre el blanco del papel para verlas agitarse cegadas por la luz. Todas las tardes aguardo que el hombre dormido despierte, espero el combate. Entonces se levanta, su traje de hilo almidonado se derrumba como una montaña de sal, los ojos le saltan fuera como el sol por la boca de la mina, me arrebata las libretas de dibujo, las hace pedazos, las tira por la ventana. Entonces vuelvo a quedarme solo pero ahora consolado, sentado en medio del derrumbe que se va enfriando puedo pintar con más facilidad, cierro los ojos y oigo el clarinete del niño ciego escindir limpiamente los grumos de niebla que se han quedado adheridos a los costados de los montes.

Yo no comprendo la vida, no la he comprendido nunca. La mancho, la borro con las yemas de los dedos, unjo sus cabellos, paso y repaso mi mano abierta sobre su cabeza angustiada, siento la tibieza de sus sienes y el arrebato que la sacude cuando se me escapa, dejándome las manos vacías. Han pasado muchos años y hoy comencé por fin el cuadro que he estado pintando desde niño, el retrato del hombre dormido. Quizá sea el cuadro más difícil que tenga que pintar, quizá nunca llegue a pintarlo. Me ha empujado a hacerlo un deseo extraño de sentir lástima, de que llueva, de que por fin empiece a llover. He pintado mucho desde que me fui de la casa y dejé atrás el huerto de árboles injertados y la escalera de hiedra. Antes de pintar cada uno de mis cuadros he pensado en el hombre dormido, en su despertar, en el combate. Últimamente he notado que duerme más profundamente. Cada vez se le hace más difícil despertar. He notado que su ira ha ido menguando, ya no me acomete con la misma agresividad de antes, con todo y contra todo, los ojos saltando fuera por la boca de la mina, que lo hacía estremecerse de indignación, sacudir desafiante la enredadera quebradiza de sus huesos frente a mi cara obstinada. Poco a poco lo ha ido cubriendo el polvo, se han congelado las telarañas que le empañaban los ojos, por las noches se encoje y arrulla a sí mismo en un rincón. Sólo yo puedo ahora tratar de que no muera, obligarlo a que resista, hacer al menos que perezca resistiendo, en retribución por la lealtad de su combate diario.

Me le enfrento ahora pincel en mano. Está profundamente dormido, con la cabeza apoyada en el codo. Los filodendros alargan hacia él sus tentáculos por la ventana abierta, las espadas sangrientas de las bromelias se desbordan por encima del marco y resquebrajan el hilo reseco de su traje, la espuma inmóvil del tiempo. Comienzo a manchar y a borrar, el abismo se abre de nuevo entre nosotros. Pero estamos habituados al combate. Trabamos lucha cuerpo a cuerpo, sin miedo, como siempre. De mi pincel van saliendo los grumos de niebla, los contornos torturados, el gesto de su rostro entregado. Una mujer con el cabello espeso de agua se ha sentado junto a él y ha tomado su cabeza entre los brazos.

Has perdido, me dicen,
la cordura

has perdido, me dicen, la cordura
óyeme bien

cuando vas por la calle
todos apuntan con el dedo a tu cabeza ladeada
como si te la quisieran tumbar
sólo apretar el gatillo y plaf!
la frente se te hunde como una lata de cerveza

no saludes a nadie
no te peines, no brilles tus zapatos
cruza la calle de tu propio brazo
date la mano, ciérrate el cuello
mantente atento

ahí va el loco, dicen!

tú pasas bamboleando la cabeza polvorienta
como un santo de madera sacado en procesión
los pies clavados a la tarima carcomida
mirando más allá

Has perdido, me dicen, la cordura

no dejes que tu carne florezca
déjate apedrear

has perdido, es evidente, la cordura
escucha bien

amárrate fuerte al mástil
átate a la polar
no desgonces ahora los tablones antiguos
no alces los remos de sus pivotes

clava a la estrella tu mejor ojo
mantente fiel
no pestañées sino de hora en hora
duerme tranquilo sobre tus puños
no tengas miedo de recordar
cierra tus dientes cristalcortantes
jaula tu lengua
no tragues más

has perdido la cordura, amigo, ya es hora
corta la cuerda
súbete al viento
endura tu corazón

La caída

A veces te hundes, caes
por el abismo de tí mismo
y apenas puedes volver, aún con jirones
a destejer los agujeros del silencio.
Pero tu siempre te levantas
sordo a los pasos que te siguen,
metiendo las orugas de tus dedos
por entre las cuerdas que se alargan,
te vas cantando por los pasillos que descienden.
Detrás de tí se encienden bombillas rotas
tiemblan los filamentos de las letras
florece la revolución por un fusil de losa
que alguién olvidó sobre la mesa,
dan golpes las ventanas sueltas
mientras los niños ríen
broches de amatista por la boca.
Se derrumbó la puerta del asilo.
La puerta era de sangre vieja,
de párpados que laten en la noche
de gotas congeladas en la mano
de fémures envueltos en harapos.

La caída

La gran puerta morada
sitial del Arzobispo
con su mitra de laúdano,
la silla del Presidente
con su diadema de dientes,
la silla del Gobernador
con su corona enchapada
de Royal Crown Cola.
Hoy decidiste marcharte
y el asilo se quedó vacío.
Ya no hay donde coronar a nadie.

Cuando las mujeres
quieren a los hombres

*la puta que yo conozco
no es de la china ni del japón,
porque la puta viene de ponce
viene del barrio de san antón.*
—plena de san antón

*"conocemos sólo en parte y profetizamos sólo en parte, pero cuan-
do llegue lo perfecto desaparecerá lo parcial. Ahora vemos por
un espejo y oscuramente, mas entonces veremos cara a cara".*
—*San Pablo,* primera epístola a los corintios,
XIII, 12, conocida también como epístola del amor.

Fue cuando tú te moriste, Ambrosio, y nos dejaste a cada una
la mitad de toda tu herencia, que empezó todo este desbara-
juste, este escándalo girando por todas partes como un aro de
hierro, restrellando tu buen nombre contra las paredes del
pueblo, esta confusión afueteada y abollada que tú bambole-
abas por gusto, empujándonos a las dos cuesta abajo a la vez.
Cualquiera diría que hiciste lo que hiciste a propósito, por el
placer de vernos prenderte cuatro velas y ponértelas por los

rincones para ver quién ganaba, o al menos eso pensábamos entonces, antes de que intuyéramos tus verdaderas intenciones, la habilidad con que nos habías estado manipulando para que nos fuéramos fundiendo, para que nos fuéramos difuminando una sobre la otra como una foto vieja colocada amorosamente debajo de su negativo, como ese otro rostro desconsolado que llevamos dentro y que un día de golpe se nos cala en la cara.

Al fin y al cabo no ha de parecer tan extraño todo esto, es casi necesario que sucediera como sucedió. Nosotras, tu querida y tu mujer, siempre hemos sabido que debajo de cada dama de sociedad se oculta una prostituta. Se les nota en la manera lenta que tienen de cruzar una pierna sobre la otra, rozándose los muslos con la seda de la entrepierna. Se les nota en la manera en que se aburren de los hombres, no saben lo que es estar como nosotras, cabreadas para toda la vida por el mismo nada más. Se les nota en la manera en que van saltando de hombre en hombre sobre las patas de sus pestañas, ocultando enjambres de luces verdes y azules en el fondo de sus vaginas. Porque nosotras siempre hemos sabido que cada prostituta es una dama en potencia, anegada en la nostalgia de una casa blanca como una paloma que nunca tendrá, de esa casa con balcón de ánforas plateadas y guirnaldas de frutas de yeso colgando sobre las puertas, anegada en esa nostalgia del sonido que hace la losa cuando manos invisibles ponen la mesa. Porque nosotras, Isabel Luberza e Isabel la Negra, en nuestra pasión por ti, Ambrosio, desde el comienzo de los siglos, nos habíamos estado acercando, nos habíamos estado santificando la una a la otra sin darnos cuenta, purificándonos de todo aquello que nos definía, a una como prostituta y a otra como dama de sociedad. De manera que al final, cuando una de nosotras le ganó a la otra, fue nuestro más sublime acto de amor.

Tú fuiste el culpable, Ambrosio, de que no se supiera hasta hoy cuál era cuál entre las dos, Isabel Luberza recogiendo dinero para restaurar los leones de yeso de la plaza que habían dejado de echar agua de colores por la boca, o Isabel la Negra, preparando su cuerpo para recibir el semen de los niños ricos, de los hijos de los patrones amigos tuyos que entraban todas las noches en mi casucha alicaídos y apocados, arrastrando las ganas como pichones moribundos con mal de quilla, desfallecidos de hambre frente al banquete de mi cuerpo; Isabel Luberza la Dama Auxiliar de la Cruz Roja o Elizabeth the Black, la presidenta de los Young Lords, afirmando desde su tribuna que ella era la prueba en cuerpo y sangre de que no existía diferencia entre los de Puerto Rico y los de Nueva York puesto que en su carne todos se habían unido; Isabel Luberza recogiendo fondos para la Ciudad del Niño, Ciudad del Silencio, Ciudad Modelo, ataviada de Fernando Pena con largos guantes de cabritilla blanca y estola de silver mink o Isabel la Negrera, la explotadora de las nenitas dominicanas desembarcadas de contrabando por las playas de Guayanilla; Isabel Luberza la dama popular, la compañera de Ruth Fernández el alma de Puerto Rico hecha canción en las campañas políticas, o Isabel la Negra, el alma de Puerto Rico hecha mampriora, la Reina de San Antón, La Chocha de Chichamba, la puta más artillera del Barrio de la Cantera, la cuera de Cuatro Calles, la chinga de Singapur, la chula de Machuelo Abajo, la ramera más puyúa de todo el Coto Laurel; Isabel Luberza la que criaba encima del techo de su casa pichones de paloma en latas de galleta La Sultana para hacerle caldos a todos los enfermos del pueblo, o Isabel la Negra, de quien jamás se pudo decir que daba lo mismo porque no era ni chicha ni limonada; Isabel Luberza la bizcochera, la tejedora de frisitas y botines de perlé color de nube, la bordadora de trutrú alrededor de los cuellitos de las cotitas de hilo más finas, de esas que le encargaban las Antiguas Alumnas del Sagrado Corazón para sus bebés.

Isabel la Rumba Macumba Candombe Bámbula; Isabel la Tembandumba de la Quimbamba, contoneando su carne de guingambó por la encendida calle antillana, sus tetas de toronja rebanadas sobre el pecho; Isabel Segunda la reina de España, patrona de la calle más aristocrática de Ponce; Isabel la Caballera Negra, la única en quien fuera conferido jamás el honor de pertenecer a la orden del Santo Prepucio de Cristo; Isabel la hermana de San Luis Rey de Francia, patrona del pueblo de Santa Isabel, adormecido desde hace siglos debajo de Las Tetas azules de Doña Juana; Isabel Luberza la Católica, la pintora de los más exquisitos detentes del Sagrado Corazón, goteando por el costado las tres únicas gotas de rubí divino capaces de detener a Satanás; Isabel Luberza la santa de las Oblatas, llevando una bandeja servida con sus dos tetas rosadas; Isabel Luberza la Virgen del Dedo, sacando piadosamente el pulgar por un huequito bordado en su manto; Isabel la Negra, la única novia de Brincaicógelo Maruca, la única que besó sus pies deformes y los lavó con su llanto, la única que bailó junto a los niños al son de su pregón Hersheybarskissesmilkyways, por las calles ardientes de Ponce; Isabel la Perla Negra del Sur, la Reina de Saba, the Queen of Chiva, la Chivas Rigal, la Tongolele, la Salomé, girando su vientre de giroscopio en círculos de bengala dentro de los ojos de los hombres, meneando para ellos, desde tiempos inmemoriales, su crica multitudinaria y su culo monumental, descalabrando por todas las paredes, por todas las calles, esta confusión entre ella y ella, o entre ella y yo, o entre yo y yo, porque mientras más pasa el tiempo, de tanto que la he amado, de tanto que la he odiado, más difícil se me hace contar esta historia y menos puedo diferenciar entre las dos.

Tantos años de rabia atarascada en la garganta como un taco mal clavado, Ambrosio, tantos años de pintarme las uñas todas las mañanas acercándome a la ventana del cuarto para ver mejor, de pintármelas siempre con Cherries Jubilee porque era la pintura más roja que había entonces, siempre con Cherries Jubilee mientras pensaba en ella, Ambrosio, en Isabel la Negra, o a lo mejor ya había empezado a pensar en mí, en esa otra que había comenzado a nacerme desde adentro como un quiste, porque desde un principio era extraño que yo, Isabel Luberza tu mujer, que tenía el gusto tan refinado, me gustara aquel color tan chillón, berrendo como esos colores que le gustan a los negros. Siguiendo una a una el contorno de las lunas blancas en la base de mis uñas, pasando cuidadosamente los pelitos del pincel por la orillita de mis uñas limadas en almendra, por la orillita de la cutícula que siempre me ardía un poco al contacto con la pintura porque al recortármela siempre se me iba la mano, porque al ver el pellejito indefenso y blando apretado entre las puntas de la tijera me daba siempre un poco de rabia y no podía evitar pensar en ella.

Sentada en el balcón de esta casa que ahora será de las dos,

de Isabel Luberza y de Isabel la Negra, de esta casa que ahora
pasará a convertirse en parte de una misma leyenda, la leyenda de la prostituta y de la dama de sociedad. Sentada en el
balcón de mi nuevo prostíbulo sin que nadie sospeche, los
balaustres de largas ánforas plateadas pintados ahora de shock-
ing pink alineados frente a mí como falos alegres, las guirnaldas de yeso blanco adheridas a la fachada, que le daban a la
casa ese aire romántico y demasiado respetable de bizcocho
de boda, esa sensación de estar recubierta de un icing agalle-
tado y tieso como la falda de una debutante, pintadas ahora
de colores tibios, de verde chartreuse con anaranjado, de lila
con amarillo dalia, de esos colores que invitan a los hombres
a relajarse, a dejar los brazos deslizárseles por el cuerpo como
si navegasen sobre la cubierta de algún trasatlántico blanco.
Las paredes de la casa, blancas y polvorientas como alas
de garza, pintadas ahora de verde botella, de verde culo de
vidrio para que sean transparentes, para que cuando nos pare-
mos tú y yo, Ambrosio, en la sala principal, podamos ver lo
que está sucediendo en cada uno de los cuartos, en cada una
de las habitaciones donde nos veremos desdoblados en veinte
imágenes idénticas, reflejados en los cuerpos de los que alqui-
larán estas habitaciones para tener en ellas sus orgasmos indi-
ferentes, abstraídos por completo de nuestra presencia,
repitiendo en sus cuerpos, una y otra vez hasta el fin de los
tiempos, el rito de nuestro amor.

Sentada en el balcón esperando que entren en esta casa
para buscarla y se la lleven, sentada esperando para verla
pasar camino de esa sepultura que me tocaba a mí pero que
ahora le darán a ella, al cuerpo sagrado de Isabel Luberza, a
ese cuerpo del cual nadie había visto jamás hasta hoy la

menor astilla de sus nalgas blancas, la más tenue viruta de sus blancos pechos, arrancada ahora de ella esa piel de pudor que había protegido su carne, perdida al fin esa virginidad de madre respetable, de esposa respetable que jamás había pisado un prostíbulo, que jamás había sido impalada en público como lo fui yo tantas veces, que jamás había dejado al descubierto, pasto para los ojos gusaneros de los hombres, otra parte de su cuerpo que los brazos, el cuello, las piernas de la rodilla para abajo. Su cuerpo ahora desnudo y teñido de negro, el sexo cubierto por un pequeño triángulo de amatistas entre las cuales está la que el obispo llevaba en el dedo, los pezones atrapados en nidos de brillantes, gordos y redondos como garbanzos, los pies embutidos en zapatos de escarcha roja, con dos corazones cosidos en las puntas, los tacones chorreando todavía algunas gotas de sangre. Ataviada, en fin, como toda una reina, como hubiese ido ataviada yo si éste hubiese sido mi entierro.

Esperando para restregarle en la cara, cuando pase bamboleándose debajo de una montaña de flores podridas, el perfume de Fleur de Rocaille que me unté esta mañana en la base de todos los pelos de mi cuerpo, el polvo de Chant D'Aromes con que blanqueé mis pechos y que se escurre ahora silencioso por los pliegues de mi vientre, el cabello una nube de humo alrededor de mi cabeza, las piernas lisas como el sexo nupcial de una sultana. Esperando con su vestido de lamé plateado puesto, cubriéndome de pliegues los hombros, derramándoseme por la espalda como un manto de hielo que brilla furioso a la luz del mediodía, la garganta y las muñecas apretadas por hilos de brillantes exactamente igual que entonces, cuando yo todavía era Isabel Luberza y tú, Ambrosio, todavía estabas vivo, el pueblo entero vaciándose en la casa para asistir a las fiestas y yo de pie junto a ti como un jazmín retoñado adosado al muro, rindiendo mi mano perfumada para que me la besaran, mi pequeña mano de nata que ya comenzaba a ser de ella, de Isabel la Negra, porque desde entonces yo sentía como una marea de sangre que me iba subiendo por la base de las uñas, cuajándome de Cherries Jubilee toda por dentro.

No fue hasta que Isabel la Negra levantó el aldabón de la casa de Isabel Luberza y tocó tres veces que pensó que tal vez no fuese sensato lo que hacía. Venía a hablar con ella del asunto de la casa que ambas habían heredado. Ambrosio, el hombre con el cual habían convivido las dos cuando eran jóvenes, había muerto hacía ya muchos años, e Isabel la Negra, por consideración a su tocaya, no se había decidido a reclamarle la parte de la casa que le correspondía, si bien había sabido hacer uso productivo de la herencia en efectivo que su amante le había dejado. Había oído decir que Isabel Luberza estaba loca, que desde la muerte de Ambrosio se había encerrado en su casa y no había vuelto a salir jamás, pero esto no pasaba de ser un rumor. Pensaba que habían pasado tantos años desde que habían sido rivales que ya todo resentimiento se habría olvidado, que las necesidades inmediatas facilitarían un diálogo sensato y productivo para ambas. La viuda seguramente estaría necesitada de una renta que le asegurara una vejez tranquila, y que la motivara a venderle su mitad de la casa. Por su parte Isabel la Negra pensaba que eran muchas las razones por las cuales deseaba mudar allí su prostíbulo, algunas de las cuales ella misma no entendía muy bien. Era indudable que el negocio había tenido tanto éxito que necesitaba ampliarlo, sacarlo del arrabal en el cual se desprestigiaba y hasta daba la impresión de ser un negocio malsano. Pero el ansia de poseer aquella casa, de sentarse detrás de aquel balcón de balaustres plateados, debajo de aquella fachada recargada de canastas de frutas y guirnaldas de flores, respondía a una nostalgia profunda que se le recrudecía con los años, al deseo de sustituir, aunque fuera en su vejez, el recuerdo de aquella visión que había tenido de niña siempre que pasaba, descalza y en harapos, frente a aquella casa, la visión de un hombre vestido de hilo blanco, de pie en aquel balcón junto a una mujer rubia increíblemente bella, vestida con un traje de lamé plateado.

Era cierto que ahora ella era una self-made woman, que había alcanzado en el pueblo un status envidiable, a los ojos de muchas de esas mujeres de sociedad cuyas familias se han arruinado y que ahora sólo les queda el orgullo vacío de sus apellidos pero que no tienen dinero ni para darse su viajecito a Europa al año como yo me doy, ni para comprarse la ropa de última moda que yo siempre compro. Pero aún así, a pesar de la satisfacción de haber sido reconocida su labor social, su importancia fundamental en el desarrollo económico del pueblo en los numerosos nombramientos prestigiosos de los cuales había sido objeto, como presidenta de las cívicas, de las altrusas, de la Junior Chamber of Commerce, sentía que algo le faltaba, que no se quería morir sin haber hecho por lo menos el esfuerzo de realizar aquella quimera, aquel capricho de señorona gorda y rica, de imaginarse a sí misma, joven otra vez, vestida de lamé plateado y sentada en aquel balcón, del brazo de aquel hombre que ella también había amado.

Cuando Isabel Luberza le abrió la puerta Isabel la Negra sintió que las fuerzas le flaqueron. De tan hermosa que era todavía tuvo que bajar la vista, casi no se atrevió a mirarla. Sentí deseos de besarle los párpados, tiernos como tela de coco nuevo y rasgados a bisel. Pensé en lo mucho que me hubiera gustado lamérselos para sentirlos temblar, transparentes y resbaladizos, sobre las bolas de los ojos. Se había trenzado el pelo alrededor del cuello, tal como Ambrosio me contaba que hacía. El perfume demasiado dulce de Fleur de Rocaille me devolvió a la realidad. Ante todo necesitaba convencerla de que yo buscaba su amistad y su confianza, de que si era necesario estaba dispuesta a admitirla como partner en el negocio. Por un momento, al ver que se me quedaba mirando demasiado fijamente me pregunté si sería loca como decían, si verdaderamente se creería que ella era santa, si viviría en realidad obsesionada, como me decía Ambrosio riendo, por santificarme a mí, sometiendo su cuerpo a toda clase de castigos descabellados que ofrecía en mi nombre. Pero no importa. Si fuera cierto el rumor obraría en mi ventaja, ya que me demuestra cierta simpatía. Luego de mirarme por un momento más abrió la puerta y entré.

Al entrar en la casa no pude evitar pensar en ti, Ambrosio, en cómo me tuviste encerrada durante tantos años en aquel rancho de tablones con techo de zinc, condenada a pasarme los días sacándole los quesos a los niñitos ricos, a los hijos de tus amigos que tú me traías para que le hagas el favor Isabel, para que le abras esas ganas enlatadas que trae el pobre, coño Isabel, no seas así, tú eres la única que sabes, tú eres la mejor que lo haces, contigo nada más podemos, mordiéndolos a pedacitos de membrillo o de pasta de guayaba, maceteándome los cachetes la frente la boca los ojos con el rodillo de seda para excitarlos, para el sí mijito claro que puedes cómo no vas a poder, déjate ir nada más, como si te deslizaras por una jalda en yagua, por una montaña de lavaza sin parar, orinándomeles encima para que se pudieran venir, para que sus papás pudieran por fin dormir tranquilos porque los hijos que ellos habían parido no les habían salido mariconcitos, no les habían salido santoletitos con el culo astillado de porcelana, porque los hijos que ellos habían parido eran hijos de San Jierro y de Santa Daga pero sólo podían traerlos a donde mí para poder comprobarlo, arrodillándomeles al frente como una sacerdotisa oficiando mi rito sagrado, el pelo enceguecíendome los ojos, bajando la cabeza hasta sentir el pene estuchado como un lirio dentro de mi garganta, teniendo cuidado de no apretar demasiado mis piernas podadoras de hombres, un cuidado infinito de no apretar demasiado los labios, la boca devoradora insaciable de pistilos de loto. Pensando que no era por ellos que yo hacía lo que hacía sino por mí, por recoger algo muy antiguo que se me colaba en pequeños ríos agridulces por los surcos detrás de la garganta, para enseñarles que las verdaderas mujeres no son sacos que se dejan impalar contra la cama, que el hombre más macho no es el que enloquece a la mujer sino el que tiene el valor de dejarse enloquecer, enseñándolos a enloquecer conmigo ocultos en mi prostíbulo, donde nadie sabrá que ellos también se han dejado hacer, que ellos han sido masilla entre mis manos, para que entonces puedan, orondos como gallos, enloquecer a las blanquitas, a esas plastas de flan que deben de ser las niñas ricas.

Porque no es correcto que a una niña bien se le disloque la

pelvis, porque las niñas bien tienen vaginas de plata pulida y cuerpos de columnas de alabastro, porque no está bien que las niñas bien se monten encima y galopen por su propio gusto y no por hacerle el gusto a nadie, porque ellos no hubieran podido aprender a hacer nada de esto con las niñas bien porque eso no hubiese estado correcto, ellos no se hubiesen sentido machos, porque el macho es siempre el que tiene que tomar la iniciativa pero alguien tiene que enseñarlos la primera vez y por eso van donde Isabel la Negra, negra como la borra en el fondo de la cafetera, como el fango en el fondo del caño, revolcándose entre los brazos de Isabel la Negra como entre látigos de lodo, porque en los brazos de Isabel la Negra todo está permitido, mijito, no hay nada prohibido, el cuerpo es el único edén sobre la tierra, la única fuente de las delicias, porque conocemos el placer y el placer es lo que nos hace dioses, mijito, y nosotros, aunque seamos mortales, tenemos cuerpos de dioses, porque durante unos instantes les hemos robado su inmortalidad, sólo por unos instantes, mijito, pero eso ya es bastante, por eso ahora ya no nos importa morirnos. Porque aquí, escondido entre los brazos de Isabel la Negra nadie te va a ver, nadie sabrá jamás que tú también tienes debilidades de hombre, que tú también eres débil y puedes estar a la merced de una mujer, porque aquí, mijito, hozando debajo de mi sobaco, metiendo tu lengua dentro de mi vulva sudorosa, dejándote chupar las tetillas mudas y cachetear por las mías que sí pueden alimentar, que sí pueden, si quisieran, darte el sustento, aquí nadie va a saber, aquí a nadie va a importarle que tú fueras un enclenque más, meado y cagado de miedo entre mis brazos, porque yo no soy más que Isabel la Negra, la escoria de la humanidad, y aquí, te lo juro por la Mano Poderosa, mijito, te lo prometo por el Santo Nombre de Jesús que nos está mirando, nadie va a saber jamás que tú también quisiste ser eterno, que tú también quisiste ser un dios.

Cuando te empezaste a poner viejo, Ambrosio, la suerte se me viró a favor. Sólo podías sentir placer al mirarme acostada con aquellos muchachos que me traías todo el tiempo y empezaste a temer que me vieran a escondidas de ti, que me pagaran más de lo que tú me pagabas, que un día te abandonara definitivamente. Entonces hiciste venir al notario y redactaste un testamento nuevo beneficiando por partes iguales a tu mujer y a mí. Isabel la Negra se quedó mirando las paredes suntuosamente decoradas de la sala y pensó que aquella casa estaba perfecta para su nuevo Dancing Hall. De ahora en adelante nada de foquinato de malamuerte, del mete y saca por diez pesos, los reyes que van y vuelven y nosotras siempre pobres. Porque mientras el Dancing Hall esté en el arrabal, por más maravilloso que sea, nadie me va a querer pagar más de diez pesos la noche. Pero aquí en esta casa y en este vecindario cambiaría la cosa. Alquilaré unas cuantas gebas jóvenes que me ayuden y a cincuenta pesos el foqueo o nacarile del oriente. Se acabaron en esta casa las putas viejas, se acabó la marota seca, los clítoris arrugados como pepitas de china o irritados como vertederos de sal, se acabaron los coitos de coitre en catres de cucarachas, se acabó el tienes hambre alza la pata y lambe, ésta va a ser una casa de sún sún doble nada más. Isabel Luberza se había acercado a Isabel la Negra sin decirle una sola palabra. Había estirado los brazos y le había colocado las puntas de los dedos sobre los cachetes, palpándole la cara como si estuviera ciega. Ahora me toma la cara entre las manos y me la besa, ha comenzado a llorar. Coño, Ambrosio, tenías que tener un corazón de piedra para hacerla sufrir como la hiciste. Ahora me toma las manos y se queda mirándome fijamente las uñas, que llevo siempre esmaltadas de Cherries Jubilee. Noto con sorpresa que sus uñas están esmaltadas del mismo color que las mías.

Al principio, Ambrosio, yo no podía comprender por qué cuando te me moriste le dejaste a Isabel la Negra la mitad de toda tu herencia, la mitad de esta casa donde tú y yo habíamos sido tan felices. Al otro día del entierro, cuando me di cuenta de que el pueblo entero se había enterado de mi desgracia, de que me estaban mondando pellejo a pellejo, gozándose cada palabra que caía en sus bocas como uva recién pelada e indefensa, caminé por las calles deseando que todos murieran. Fue entonces que el asunto empezó a cambiar. Isabel la Negra mandó a tumbar el rancho donde tú la ibas a visitar y con tu dinero edificó su Dancing Hall. Entonces yo pensaba en lo que ella había llegado a significar para nosotros, la suma y cifra de todo nuestro amor, y no podía aceptar en lo que se convirtió después.

Porque bien claro que lo dice San Pablo, Ambrosio, una cosa es el adulterio llevado a cabo con modestia y moderación y otra cosa es el lenocinio público, el estupro de traganíqueles y luces de neón. Bien claro que él lo dice en su Epístola a los Corintios, si una mujer tiene marido infiel por la mujer, que se guarde de cometer mayores pecados al quedar con una prostituta que no con muchas. Y la mujer a su vez, al permanecer sujeta a sus deberes de esposa y madre, mortificada su carne blancadelirio, sus raíces sumergidas en el sufrimiento como a orillas de un plácido lago, exhala un perfume inefable, de aliento virginal, que sube y se remonta a los cielos, agradando infinitamente a Nuestro Señor.

Los primeros años de nuestro matrimonio, cuando me dí cuenta de la relación que existía entre ella y tú, me sentí la más infeliz de las mujeres. De tanto llorar parecía que me hubiesen inyectado coramina en el interior de los párpados, que me temblaban como peces rojos sobre las bolas de los ojos. Cuando entrabas en mi casa y venías de la de ella yo lo sabía inmediatamente. Lo conocía en tu manera de colocarme la mano sobre la nuca, en tu manera lerda de pasarme los ojos por el cuerpo como dos moscas satisfechas. Era entonces que más cuidado tenía que tener con mis refajos de raso y mi ropa interior de encaje francés. Era como si el recuerdo de ella se te montara en la espalda, acosándote con brazos y piernas, golpeándote sin compasión. Yo entonces me tendía en la cama y me dejaba hacer. Pero siempre mantenía los ojos muy abiertos por encima de tus hombros que se doblaban una y otra vez con el esfuerzo para no perderla de vista, para que no se fuera a creer que me le estaba entregando ni por equivocación.

Decidí entonces ganarte por otros medios, por medio de esa sabiduría antiquísima que había heredado de mi madre y mi madre de su madre. Comencé a colocar diariamente la servilleta dentro del aro de plata junto a tu plato, a echarle gotas de limón al agua de tu copa, a asolear yo misma tu ropa sobre planchas ardientes de zinc. Colocaba sobre tu cama las sábanas todavía tibias de sol bebido, blancas y suaves bajo la palma de la mano como un muro de cal, esparciéndolas siempre al revés para luego doblarlas al derecho y desplegar así, para deleitarte cuando te acostabas, un derroche de rosas y mariposas matizadas, los hilos amorosos del rosa más tenue, de un rosa de azúcar refinada que te recordara la alcurnia de nuestros apellidos, fijándome bien para que los sarmientos de nuestras iniciales quedaran siempre justo debajo del vientre sensible de tu antebrazo, para que te despertaran, con su roce delicioso de gusanillo de seda, la fidelidad sagrada debida a nuestra unión. Pero todo fue inútil. Margaritas arrojadas a los cerdos. Perlas al estercolero.

Fue así que, a través de los años, ella se fue convirtiendo en algo como un mal necesario, un tumor que llevamos en el seno y que vamos recubriendo de nuestra carne más blanda para que no nos moleste. Era cuando nos sentábamos a la mesa que a veces más cerca sentía su presencia. Los platos de porcelana emanaban desde el fondo una paz cremosa, y las gotas de sudor que cubrían las copas de agua helada, suspendidas en el calor como frágiles tetas de hielo, parecía que no se deslizarían nunca costado abajo, como si el frío que las sostenía adheridas al cristal, al igual que nuestra felicidad, fuese a permanecer allí, detenido para siempre. Me ponía entonces a pensar en ella empecinadamente. Deseaba edificar sus facciones en mi imaginación para sentarla a mi lado en la mesa, como si de alguna manera ella hiciese posible aquella felicidad que nos unía.

Me la imaginaba entonces hechizadoramente bella, tan absolutamente negra su piel como la mía era de blanca, el pelo trenzado en una sola trenza, gruesa y tiesa, cayéndole por un lado de la cabeza, cuando yo enredaba la mía, delgada y dúctil como una leontina alrededor de mi cuello. Me imaginaba sus dientes, grandes y fuertes, frotados diariamente con carne de guanábana para blanquearlos, ocultos detrás de sus labios gruesos, reacios a mostrarse si no era en un relámpago de auténtica alegría, y pensaba entonces en los míos, pequeños y transparentes como escamas de peces, asomando sus bordes sobre mis labios en una eterna sonrisa cortés. Me imaginaba sus ojos, blandos y brotados como hicacos, colocados dentro de esa clara amarillenta que rodea siempre los ojos de los negros, y pensaba en los míos, inquietos y duros como canicas de esmeralda, esclavizados día a día, yendo y viniendo, yendo y viniendo, midiendo el nivel de la harina y del azúcar en los tarros de la despensa, contando una y otra vez los cubiertos de plata dentro del cofre del comedor para estar segura de que no faltaba ninguno, calculando la cantidad exacta de comida para que no sobre nada, para poder acostarme tranquila esta noche pensando que he cumplido con mi deber, que te he protegido tu fortuna, que he servido para algo que no fue ser esta mañana el estropajo donde te limpiaste los pies, donde te restregaste el pene bien rápido para tener un orgasmo casi puro, tan limpio como el de una mariposa, tan diferente a los que tienes con ella cuando se revuelcan los dos en el fango del arrabal, un orgasmo fértil, que depositó en mi vientre la semilla sagrada que llevará tu nombre, como debe ser siempre entre un señor y una señora, para poder acostarme esta noche pensando que no soy una muñeca de trapo gris rellena de tapioca, acoplada a la forma de tu cuerpo cuando te acuestas a mi lado en la cama, para poder pensar que he sido tu mujercita querida como debe ser, económica y limpia pero sobre todo un dechado de honestidad, tabernáculo tranquilo de tu pene rosado que yo siempre llevo adentro, un roto cosido y bien apretado con hilo cien para los demás.

De esta manera habíamos alcanzado, Ambrosio, sin que tú lo supieras, casi una armonía perfecta entre los tres. Yo, que la amaba cada día más y más, comencé a mortificar mi carne, al principio con actos menudos e insignificantes, para hacer que ella regresara al camino del bien. Empecé a dejar la última cucharada de bienmesabe en el plato, a correrme sobre la carne viva un ojal del cinturón, a cerrar la sombrilla cuando salía a pasear por la calle para que la piel se me abrasara al sol. Esa piel que yo siempre he protegido con manga larga y cuello alto para poder exhibirla en los bailes porque es prueba fidedigna de mi pedigree, de que en mi familia somos blancos por los cuatro costados, esa piel de raso de novia, de leche de cal que se me derrama por el escote y por los brazos. Exponiéndome así, por ella, al qué dirán de las gentes, al has visto lo amelcochadita que se está poniendo sutanita con la edad, la pobre, dicen que eso requinta, que al que tiene raja siempre le sale al final.

Con el tiempo, sin embargo, me dí cuenta de que aquellos sacrificios no eran suficientes, que de alguna manera ella se merecía mucho más. Me la imaginaba entonces en el catre contigo, adoptando las posiciones más soeces, dejándose cachondear todo el cuerpo, dejándose chochear por delante y por detrás. De alguna manera gozaba imaginándomela así, hecha todo un caldo de melaza, dejándose hacer de ti esas cosas que una señora bien no se dejaría hacer jamás. Comencé a castigarme entonces duramente, imaginándomela anegada en aquella corrupción pero perdonándola siempre, perdonándola en cada taza de café hirviendo que me bebía para que se me brotara de vejigas la garganta, perdonándola en cada tajo fresco que me daba en las yemas de los dedos al destelar las membranas de la carne y que me curaba lentamente con sal. Pero todo lo echaste a perder, Ambrosio, lo derribaste todo de un solo golpe cuando le dejaste la mitad de tu herencia, el derecho a ser dueña, el día que se le antojara, de la mitad de esta casa.

No fue hasta que escuché hace un momento el aldabón de la puerta que supe que aún no tenía perdida la partida. Abrí la puerta sabiendo que era ella, sabiendo desde antes lo que había de suceder, pero al verla sentí por un momento que las fuerzas me flaquearon. Era exactamente como yo me la había imaginado. Sentí deseos de besar sus párpados gruesos, semi-caídos sobre las pupilas blandas y sin brillo, de hundirle tiernamente las bolas de los ojos para adentro con las yemas de los dedos. Se había soltado la trenza en una melena triunfante de humo que se le abullonaba encima de los hombros y me sorprendió ver lo poco que había envejecido. Sentí casi deseos de perdonarla, pensando en lo mucho que te había querido. Pero entonces empezó a tongoneárseme en la cara, balanceándose para atrás y para alante sobre sus tacones rojos, la mano sobre la cintura y el codo sobresalido para dejar al descubierto el hueco maloliente de su axila. El interior de aquel triángulo se me enterró de golpe en la frente y recordé todo lo que me había hecho sufrir. Más allá del ángulo de su brazo podía ver claramente la puerta todavía abierta de su Cadillac, un pedazo azulmarino con botones dorados del uniforme del chófer que la mantenía abierta. Le pedí entonces que pasara.

Yo sabía desde un principio a lo que había venido. Ya ella

había logrado sustituirme en todas las actividades del pueblo que yo había presidido contigo, colgada de tu brazo como un jazmín retoñado adosado al muro. Ahora desea quedarse con esta casa, irá asiéndose cada vez más a tu recuerdo como una enredadera de rémoras hasta acabar de quitármela, hasta acabar de chuparse el polvo de tu sangre con el cual me he coloreado las mejillas todas las mañanas después de tu muerte. Porque hasta ahora, por causa de ella, no he comprendido todo este sufrimiento, todas estas cosas que me han atormentado tanto, sino oscuramente, como vistas a través de un espejo enturbiado, pero ahora voy a ver claro por primera vez, ahora voy a enfrentar por fin ese rostro de hermosura perfecta al rostro de mi desconsuelo para poder comprender. Ahora me le acerco porque deseo verla cara a cara, verla como de verdad ella es, el pelo ya no una nube de humo rebelde encrespado alrededor de su cabeza, sino delgado y dúctil, envuelto como una cadena antigua alrededor de su cuello, la piel ya no negra, sino blanca, derramada sobre sus hombros como leche de cal ardiente, sin la menor sospecha de un requinto de raja, tongonéandome yo ahora para atrás y para alante sobre mis tacones rojos, por los cuales baja, lenta y silenciosa como una marea, esa sangre que había comenzado a subirme por la base de la uñas desde hace tanto tiempo, mi sangre esmaltada de Cherries Jubilee.

Mercedes-Benz 200SL

en suma, oh reidores, no habéis sacado
   gran cosa de los hombres
apenas habéis extraído un poco de grasa
   de su miseria
pero nosotros que morimos de vivir
   lejos uno del otro
tendemos nuestros brazos y sobre esos rieles
   se desliza un largo tren de carga
               —*Guillaume Apollinaire*

Está estupendo el Mercedes, Mami, no te parece, mira cómo coge las curvas pegado al asfalto de la carretera ronroneando poderoso el guía responde al impulso de la punta de mis dedos dentro de los guantes de piel de cerdo que me regalaste ayer para que estrenara el carro con ellos para que las manos no me resbalaran sobre los nudillos de la rueda que ahora giro a derecha izquierda con la más leve presión las pequeñas lanzas cruzadas sobre el bonete destellando cromo debajo de la lluvia listas para salir disparadas a los ojos de los que nos ven pasar con envidia qué santo carro la madre de los tomates la puta que los parió tremendo armatoste se gastan parece un

tanque los tapalodos de alante rodando rodillos de rinoceronte mi familia siempre ha tenido carros grandes, Mami, el primer Rolls Royce de San Juan largo como esperanza e pobre y
negro como su pensamiento a esta chusma hay que enseñarles quién es el que manda pueblo de cafres este, apiñados
como monos les gusta sentir el sudor la peste unos de otros
sólo así se sienten felices restregándose como chinches por
eso les gusta tanto el bochinche qué divertido, Mami, nunca
se me había ocurrido de ahí viene seguro ese imbécil se nos
ha metido en medio cuidado Papi le vas a dar la figura del
hombre caminando de espaldas al carro por la orilla del camino hundiendo con el índice el disco dorado de la bocina que
reluce en el centro del guía de cuero beige elegante el guía
este cosido a mano el cuero de la rueda sexi la condená rueda
me gusta tocarla apretando el disco de oro todo el tiempo
igualito que la trompeta mayor en Das Rheingold, Mami,
pero el hombre no oye no se sale del camino hasta el último
momento en que da un salto el tapalodos le pasa a una pulgada de la cabeza cae de bruces sobre la cuneta te cojo en la próxima mico cuando te descuelgues otra vez del árbol te
asustaste, verdá, Mami, estás blanca como un papel es que
pienso en la policía, Papi, es por tu bien, qué policía ni qué
demonios parece mentira que no sepas todavía quién es tu
marido este carro es del fuerte donde quiera que vayamos nos
dará la razón por eso lo compré, Mami, por qué pendejos te
crees que trabajo como un burro de ocho a ocho no es para
estar después virando huevos y echándome fresco en el culo
en este país lo único que vale es la fuerza Mami no te olvides
nunca deso.

Metió el acelerador hasta el fondo disparando por la recta

por lo menos a esta hora no hay tráfico suspiró la mujer recitando en silencio las últimas cuentas del rosario voy a reclinar el asiento hacia atrás para ver si duermo un poco sexi los asientos estos verdad, Mami, pasándole la mano por encima a la lanita gris pelitos que se doblan contra la punta de los dedos pero no para probarlos contigo que ya estás vieja y las carnes te cuelgan pellejos empolvados emperifollada con tus zapatos de cocodrilo de 150 dólares y tu sortija emerald cut diamond de 9 kilates parece una pista de patinar en hielo dijiste cuando te la compré y me dieron ganas de reír, vieja, eso está bien de patinar en hielo sí grande y sólida como la cuenta de banco en Suiza lo que te gusta gastarme el dinero de las tiendas a la iglesia y de la iglesia a las tiendas pero no me quejo, vieja, eso está bien, toda una señora toda una dama y sin eso no se puede funcionar no se llega a ninguna parte sin lo que tú me das, vieja, eso no me lo dan las muchachitas cabronas que se verían tan bien reclinadas en este asiento de pelusa gris que se verán tan bien, digo, porque pronto pienso llevar a pasear a alguna buena polla y metérselo aquí mismo rico el roce de esta tela en el trasero debe ser.

Levantó la mano del guía y la acercó en la oscuridad a la frente de la mujer que dormitaba a su lado te quiero mucho, Papi, le dije al sentir la caricia de su mano volviendo a empezar las jaculatorias a Mater Admirábilis eres como un niño con un juguete nuevo me alegra de veras verte tan loco con tu Mercedes-Benz 200SL la verdad que trabaja tanto, el pobre, se lo merece no hay derecho a matarse trabajando sin tener una recompensa sólo que a veces me hace sufrir con su falta de consideración como ahora no vayas tan ligero, Papi, la carretera está mojada el carro puede patinar sabiendo que no

me hará caso nunca me hace caso igualito que si estuviera
hablando sola acariciándome los brazos porque súbitamente
he sentido frío los árboles que salen disparados partiéndose
hacia los lados el túnel que nos va tragando estrechonegroalante
anchocayéndose atrás debemos ir casi a noventa por
favor, Papi, Dios nos libre y la Virgen nos guarde los wipers
no van lo bastante rápido para limpiar los goterones siempre
ha sido así desde que nos casamos hace veinte años me compra
todo lo que quiero es un hombre bueno de su casa pero
siempre la misma sordera siempre a su lado y siempre sola
hablando sola comiendo sola durmiendo sola mirándome en
el espejo y abriendo la boca tocándome el paladar con el dedo
para ver si sale algún sonido casa perro silla la forma de la
boca mordiendo los objetos reconociendo la textura de madera
o de pelo con el interior del labio comprobando la resistencia
a la respiración casa perro silla pero no los objetos no salen
se quedan allí atorados como si la apertura fuera demasiado
pequeña o ellos demasiado grandes los filos encajados dolorosamente
en las encías forzándolos para arriba desde el fondo
de la garganta sin ningún resultado tocando ese hueco mudo
que se me enterraba cada vez más dentro de la boca cuando
me miraba en el espejo hasta que creí que me estaba volviendo
loca. Entonces tuve a mi hijo y pude volver a hablar.

Volvió a reclinarse en el asiento y su perfil se recortó claramente
en la oscuridad. Las luces del dashboard le iluminaban
las facciones gruesas en tensión, la sonrisa infantil del hombre
al volante. Cerró los ojos y cruzando los brazos sobre el
pecho se acarició los hombros fríos con las manos. Y ahora de
nuevo sola, después de tantas disputas iracundas con el padre
se fue de la casa. Decía que los negocios le daban ganas de

vomitar, que ya estaba harto de que lo amenazaran con des-
heredarlo, una mañana encontré la nota sobre la cama no me
busquen todos los domingos los vendré a ver. Claro que lo
buscamos pero él cambiaba todo el tiempo de dirección hasta
que por fin Papi se cansó de pagar detectives privados lo que
cuestan dios mío se enfureció con él definitivamente que se
vaya al carajo, dijo, mira que yo dejando el pellejo del alma
pegado al trabajo para después tener que gastar miles de
dólares en detectives rastreando a una primadona que no da
un tajo cría cuervos y te sacarán los ojos es lo que siempre he
dicho y yo llorando que no podía contestarle porque en el
fondo sabía que tenía toda la razón.

Hoy sábado por la noche y mira esa recta que viene ahí,
Mami, toditita para nosotros pensar que de día está atestada
de carros apiñados unos encima de otros como monos eso es
lo que les gusta el olorcito a cafre la pestecita a chango suavecito así suavecito con el acelerador hasta el suelo estos alemanes fabrican carros como si fueran tanques de carrocería de
acero de media pulgada lo que se lleve por delante ni se entera ni una mella le hace al que le dé un bimbazo lo noquea al
otro lado del mundo y sin pasaje de regreso es una cabronería
este carro Mami una condenada cabronería.

La muchacha cogió la taza y pasó el dedo índice sobre las
rosas azules de la porcelana. Abrió la llave del agua caliente,
exprimió la botella plástica y dejó caer tres gotas lentas que
contempló deslizarse por el interior de la taza. El líquido vis-
coso, de un verde brutal, le recordó por un momento el
miedo, pero en seguida dejó que el agua llenara la taza y
observó aliviada cómo se deshacía inofensivo en espuma,

derramándose por encima del borde. La enjuagó y la secó, sintendo el chirrido de la losa limpia debajo de las yemas de los dedos, y la puso, tibia todavía, a escurrir sobre la mesa. Se enjugó las manos enrojecidas con la falda, y se quedó mirando por la ventana el patio, las plantas cabeceando de un lado para otro debajo de la lluvia como si hubiesen perdido todo sentido de dirección. Olió el vapor que subía de la tierra mojada y recordó los hoyos cavados con las manos para enterrar objetos que nadie quería, una peinilla que le faltaban los dientes, un cisne plástico con una cinta alrededor del cuello "Fernando y María, sean felices para siempre", que me había traído mi madre de recuerdo de una boda, un lipstic gastado, un dedal, siempre me había gustado enterrar en el patio objetos que nadie quería de manera que sólo yo supiera dónde están. Cuando llueve fuerte como ahora lo recuerdo más claro, me veo escarbando la tierra con las uñas, aspirando el olor que se me desmorona grumoso entre los dedos. Luego, cuando salía a pasear por el jardín y caminaba sobre los objetos ocultos que sólo yo adivinaba bajo la tierra, iba repitiéndome en voz baja, ahora estoy sobre la peinilla, ahora tengo el dedal debajo del talón derecho, ahora sobre las alas del cisne, ahora sobre la media tijera, como si el poder recorrer cada detalle de su contorno oculto con la parte de atrás de los ojos me hiciera diferente. Sabiendo que cuando dejara de llover saldría otra vez al patio como había hecho todos los días desde hacía dos semanas, dilatando con anticipación el olfato, preparándome para recuperar el recuerdo, mientras discutía conmigo misma el próximo juego que había de jugar.

Se alejó del fregadero y sintió el candor de la habitación sin muebles, la rapidez de las gavetas vacías, la ingenuidad de las perchas de alambre chocando codo con codo dentro del clóset. Observó el reposo de los muros desprovistos de objetos, cortados súbitamente exactos. Se dio cuenta entonces de que no lo podía pensar, de que no podía evocar su mirada, sus manos, su voz, si lo deslindaba de aquel espacio, de la disciplina refrescante de la única mesa y de la pequeña estufa de gas, de la alfombra desvaída que le servía de cama, del móvil de peces de bronce contraponiendo sonidos filosos a la blandura machaqueante del agua que seguía cayendo sobre la ventana. Escuché el golpe de la puerta y supe que habías llegado corrí a encontrarme contigo y te abracé. Vamos hoy también te pregunto porque mira la lluvia como sigue mientras palpo tu espalda ensopada tu pelo adherido en mechones a mis dedos. Sí mi amor es parte de mi pacto con ellos todos los domingos ir a visitar a papá y mamá, darles a entender que nada ha cambiado, que los quiero siempre igual. Siento una gran pena por ellos, rodeados de objetos costosos que acarician con los ojos noche tras noche para no fijarse en el contorno inmóvil de sus cuerpos debajo de las sábanas, tan similar al contorno futuro de sus muertes.

Fíjate en la diferencia entre ellos y nosotros floreciendo ahora debajo de tus manos cultivando anémonas ocultas en los orificios de tu cuerpo cultivando corales en tu piel cada pétalo sedimentando lento supurando púrpura afelpada en los oídos no se oye nada ya la lluvia cayendo ahora tan lejos antes tan cerca taladrando el cerebro ahora el agua nos cubre no existe el fondo sólo la caída perpetua de nosotros los enterrados vivos persiguiéndonos a través de la mirada tan cerca y sin embargo tan lejos pero sin compasión sabiendo que eso que perseguimos es lo único que tenemos es lo único que importa. Esta mañana fueron encontrados dos cuerpos en las más extraordinarias circunstancias repite la radio a tus espaldas un hombre y una mujer miles de años después encontrados dentro de un gigantesco muro de hielo persiguiéndonos inmóviles inmortales a través del cristal tocando con el dedo la esfera perfectamente transparente de tu ojo la silueta de la pupila recortada sobre el blanco bola los encontramos caminando dentro del cristal seguía la voz él llevaba los ojos como una ofrenda en la palma de la mano cogí uno con el índice y el pulgar lo levanté a la luz para mirar a través de la pupila que se hundía inútilmente dentro de ti porque no puedo alcanzarte hundiéndote por tu propia pupila te me escapas pero no importa mi amor ya sé ya entiendo el cristal ha comenzado a derrumbarse desde arriba el polvo me ciega y ciega te persigo por la polvareda de vidrio que se te acumula sobre los hombros porque ya sé ya nada importa mi amor sólo la búsqueda del recuerdo el tacto inmóvil el sonido sordo la pupila ciega todo detenido en el instante blanco.

Si vamos temprano tendremos el domingo para nosotros le digo. Deberías venir hoy conmigo mamá nunca te ha visto a lo mejor se encariña contigo a lo mejor papá nos perdona a los dos. No mi amor es mejor que no me conozcan no sé por qué pero cómo explicártelo dejémoslo para otro día yo te acompaño como siempre hasta la casa y luego me voy. Entonces mirando otra vez por la ventana, qué oscuro está todo, es la lluvia que prolonga la sensación de la noche, este domingo parece que nunca va a amanecer, no hay nadie en las calles. Percibiendo más allá de la puerta la sensación de los cuerpos dormidos creciendo capilares por debajo de las sábanas, los oídos pegados a las ventanas cerradas escuchando la raspadura seca que hace la luz cuando va trepando por la pared.

La mujer había enderezado el asiento y trataba de adivinar las siluetas familiares de las casas por entre las gruesas gotas que arrugaban continuamente el cristal del parabrisas. Unos minutos antes había dado un suspiro de alivio, sintiéndose ya próxima al final de aquella prueba. Había guardado el rosario en la cartera y aflojaba poco a poco el cuerpo, el lento y cansado dejarse ir hacia delante, la mano sobre la manija para abrir la puerta, el carro detenido por fin frente a la casa. Fue ella quien lo vio primero, el celaje cruzándoseles al frente, zigzagueando por las paredes de los edificios, saltándoles dentro de los ojos, separando con fragilidad bayusca la gruesa cortina de lluvia que lo sofocaba todo. Fue cosa de fragmentos de segundos. El impacto sordo del tapalodo conectando de golpe en la carne compacta como cuando se tapa el tubo de la aspiradora con la palma de la mano fop sólo que ahora no era la aspiradora ni los motores de un jet sino que algo fop completamente extraño se había quedado pegado al bonete del carro qué horror por favor detente te lo dije Papi íbamos demasiado rápido te rogué cien veces que fuéramos más despacio el carro patinando sin parar con aquella masa de sombra pegada al bonete qué hijo de la gran puta quién lo manda a tirárseme en el camino el cuerpo esplayado muñeco de goma sobre el bonete del carro hay que bajarse a hacer algo Papi hay que bajarse por dios cállate la boca ante todo no perder la cabeza sentados uno al lado del otro sin poder moverse mirando la lluvia que seguía cayendo como si no hubiese sucedido nada derramándose por encima del bonete como si quisiera enjuagar la superficie platinada llevarse aquel objeto adherido grotescamente a los lujosos bordes de cromio a las curvas opulentas de los guardalodos.

Entonces una vez más en voz baja como una hilera interminable de jaculatorias ensartadas cada vez con más rabia espetándolas unas a otras como agujas apiñados unos encima de otros para sentir mejor la peste el hedor a changa la fetidez a mono ya no puede uno ni siquiera salir a pasear de noche sin que ahora esa cosa espacharrada ahí al frente encima de mi carro con los ojos pegados al cristal del parabrisas que se derrite continuamente por un solo lado mientras por el otro se queda quieto invitando a pasar los dedos por la superficie lisa del plate glass para comprobar que en efecto no había sucedido nada que el mundo seguía como siempre perfectamente ordenado de este lado pero sólo de este lado sentados en los asientos de pelusa gris con los brazos tumbados a los lados con los ojos pegados al parabrisas que seguía derritiéndose encerrados en aquella cámara lujosa con techo de fieltro sin saber qué decir sin saber cómo poner la mano sobre la manija para abrir la puerta.

Vieron a la muchacha que se acercaba al carro debajo de la lluvia. Tenía el pelo emplegostado a la cara y el agua le escurría dos chorros gruesos por los brazos. Se acercó al bonete y se detuvo frente a los faroles encendidos que le derramaban por encima una luz ya inútil en la claridad de la madrugada. Mirando mientras sostenía la cabeza contra su pecho, aguantando la respiración mientras la veían apoyar contra sí todo el peso del cuerpo, deslizarlo poco a poco por la superficie platinada, empinándose hacia atrás en el esfuerzo, irlo bajando con infinita lentitud por el costado lustroso, hasta lograr dejarlo tendido sobre el pavimento.

Bajé la ventanilla y la lluvia entró salpicándome la cara llenándome la boca de agua y yo gritando dime qué pasa, Papi, qué vamos a hacer por favor dime qué pasa y Papi que se acerca por el lado de la ventanilla ensopándose también cállate ya imbécil te va a oír todo el vecindario esa mujer parece tarada se lo ha apropiado y no deja ni que me le acerque gruñe y parece que va a morder cada vez que le dirijo la palabra meciéndose en el suelo todo el tiempo con la cabeza una pulpa violácea encharcándole la falda es mejor que nos vayamos dejarle un papel nombre y dirección comuníquese con nosotros si podemos hacer algo que se ocupe ella misma ya que está tan jodidamente interesada pero cómo vamos a irnos, Papi, cómo vamos a dejarlo ahí tirado debajo de la lluvia no me discutas más tú en seguida te pones histérica no vamos a meterlo en el carro para que nos manche los asientos con ese desagüe de sangre.

Arrancó y dio reversa con un chillido de gomas mojadas que se exprimen de golpe sobre el asfalto. La mujer acarició suavemente la pelusa gris mientras el carro se alejaba por la carretera, tan nueva y tan linda, absolutamente ajena a algo tan desagradable como un plegoste de sangre, acurrucada en el fondo del asiento como en el interior de un nido, temblorosa la carne agradecida por aquella protección, por la seguridad del todo de acero, del todo blindado alrededor, Dios nos libre y la Virgen nos guarde, sin dinero no puede uno vivir, tranquilizándose poco a poco a medida que se acercaban a la casa. Se pasó una mano por la frente, todo era como una pesadilla, quizás sólo había sucedido en su mente exhausta, ansiosa por acabar de llegar, por quitarse la faja y las medias, el

reloj y las pulseras, meterse en la bañera con el agua caliente
hasta el cuello, mirando sin pensar en nada la infinita paz
blanca aplastada contra el plafón del techo.

Había llovido toda la tarde cuando la mujer escuchó el tim-
bre de la puerta. Abrí e inmediatamente vi el papel grumoso
en la mano extendida, las líneas de tinta corrida por el borde
de las manchas. El papel desmoronándose en mi mano la
tinta corriéndose por el borde de las manchas abiertas como
llagas dentro de las letras deformándolas apartándolas unas
de otras favor de comunicarse con nosotros si podemos hacer
algo. Entonces abrió la puerta y le enseñé el papel. Vi como
se le demudó el rostro, sí señorita, espere un momento, en
seguida vuelvo por favor, entornó la puerta y entró. Las
manos súbitamente frías secándomelas en la falda tengo que
encontrar a Papi lo llamo y no me contesta lo busco por toda
la casa pero no está. Mi marido no está señorita, pero pase, en
qué puedo servirle, venga pase por acá.

Cruzo por fin la puerta de tu casa y dejo hundir el pie en la
lana roja de la alfombra como si fuese un pequeño animal con
vida propia veo la escalera que súbitamente desciendes hasta
explotar la puerta del patio Mamá ha dejado de llover voy a
salir a jugar veo los cristales de la ventana de la sala son azules y rosa mientras tú sigues asomado a la ventana balanceán-
dote sobre el pretil. No se quede ahí de pie, señorita, siéntese
por favor. Mirando yo también ahora el patio donde juegas
viéndote primero por el cristal rosa jugando junto al limone-
ro rosa la fuente rosa el chorro de agua rosa que le sale por la
boca a la gárgola rosa el cielo terriblemente rosa colgando ahí
arrriba encima de tu juego ensimismado acercándome a la

ventana para verte mejor, no señora, gracias prefiero permanecer de pie, no voy a estar mucho rato. Mirándote ahora jugar a través del cristal azul pensando que era injusto el dolor que me producía aquel cambio viéndote todo teñido de azul en medio del patio jugando ahora otro juego en el que yo te acompaño las naranjas bamboleando pelotas azules al extremo de las ramas el chorro de agua azul rebotando duro contra nuestras manos las rosas azules trepando implacables por el muro sobre la porcelana blanca de la taza en la que bebías café sobre tu cara blanca volcada en mi falda botando aquel líquido oscuro por los pozos de los ojos viéndolo todo teñido de aquel líquido que ahora me brota de adentro sin poderlo detener, qué le pasa señorita, por qué está llorando, viéndote tirado en la carretera la lluvia cayéndote sin parar dentro de los ojos tu cabeza en mi falda esperando que tu mirada terminara de salir como si orinaras interminablemente por los ojos acumulándoseme tibia sobre la falda inclinada sobre ti persiguiéndote por el círculo todavía vivo todavía cortante cristal de la córnea entrándome por tu ojo todavía transparente como un anzuelo pequeñito que dejo caer al fondo esforzándome por atraparte y sintiendo que caes cada vez más abajo porque el fondo ha desaparecido persiguiéndote tan cerca y sin embargo tan lejos cada vez más lejos sintiendo que esta vez el cristal no se derrumba sino que se va cerrando solidificando como un vaso de agua en el cual ha caído súbitamente una gota de leche sintiendo que el cristal se vuelve cada vez más cálido se empaña con mi aliento inclinada ahora brutalmente sobre tus ojos que ya no me ven porque te has quedado del otro lado del cristal porque me has abandonado en este lado para siempre.

Es usted la señorita que estaba con el accidentado aquella noche horrible, le pregunto, y dejo caer la mano que me tiembla sobre el almohadón de pluma de ganso recostado contra el respaldar del sofá. Fue cierto entonces no ha sido una pesadilla cuénteme enseguida lo que pasó con ese pobre hombre he estado tan preocupada todos estos días ya pensaba que me lo había inventado que había sido una fantasía de mi imaginación. El remordimiento de no habernos bajado a ayudarlos de no haber compartido con ustedes el malrato por eso mi marido le dejó ese papelito para que se comunicara con nosotros en seguida y no fuera a pensar que éramos unos vulgares capaces de un hitanrun. Claro tampoco pensamos que fuera algo grave mi marido se puso tan nervioso, el pobre, dudo que en aquellas circunstancias hubiese podido ayudarlos después casi tuve que llevarlo al hospital en estado de shock. Un hombre tan bueno, figúrese, y yo que lo quiero tanto, tenía miedo de que me le fuera a dar allí mismo un ataque al corazón. Por favor señorita, dígame, ha habido gastos de medicamento cuentas de hospitalización puede estar segura que no habrá la menor objeción de nuestra parte lo que me extraña es que se haya usted tardado tanto en encontrarnos que no haya venido al otro día en busca de una mano amiga en la cual apoyarse tener la seguridad de que se hacía todo lo posible por él los mejores especialistas las últimas medicinas la clínica privada estamos a sus órdenes señorita, créame, los queremos ayudar.

No señora, no es eso lo que he venido a decirle. Entonces no le ocurrió nada serio, qué alivio señorita, bendito sea Dios. El muchacho está muerto, señora, eso es lo que venía a decirle. Hace dos semanas fue el entierro, yo misma me ocupé de todos los arreglos. Un féretro modesto, una tumba sencilla. En el cortejo iba yo sola, él no tenía más familia. Eso. Pensé que era mi deber decírselo. El muchacho está muerto y yo lo enterré. Adiós señora. Pero cómo se va a ir sin explicarme lo que pasó sin esperar a que llegue mi marido para que le explique a él también estoy segura que él querrá darle algo para ayudarla para por lo menos aliviarla en algunos de los gastos que ha tenido cómo se va a ir sin ni siquiera decirme el nombre señorita el nombre de ese pobre muchacho.

De pie frente a la ventana de la cocina la muchacha abrió la llave del agua caliente. Exprimió la botella plástica, dejó caer tres gotas del líquido verde sobre la porcelana curva de la taza. Contempló cómo las rosas azules, medio cubiertas por el residuo de café con leche frío, iban desapareciendo debajo de la espuma que subía reverberando hasta el borde. Estaba tranquila. Sabía que la otra no, sabía que la otra había esperado todo el día, que a eso de las cuatro había pensado que su hijo vendría, que se había asomado a la puerta de la calle y había observado con desaliento cómo el sol apretaba el cemento de las paredes, haciéndolas brotar para afuera cada vez más sólidas y groseras. Volvió a meter las manos hasta la muñeca en el agua caliente y lavó cuidadosamente la taza y el platillo. Pensó en la otra mirando una vez más hacia la calle vacía, la acera chata, el agua que se menguaba en la cuneta, el ojo enlodado del registro empotrado en medio del asfalto. La oyó decir en voz baja, no vendrá hoy, mientras pensaba que no había que preocuparse, que era un domingo como cualquier otro, escuchando los insectos que le zumbaban dentro del oído. No vendrá hoy tampoco, añadió en voz alta como para espantarlos. La muchacha pensó que ahora estaba completamente sola y se quedó un rato mirando por la ventana las plantas reviradas de aire. La otra se alejó de la puerta y fue a sentarse al borde de la cama. La semana que viene vendrá no hay que angustiarse dijo, pensando en que tenía que comprar una colcha nueva. Qué gasto son las casas. No bien cuelga uno cortinas nuevas que el forro de las butacas se ensucia y hay que cambiar la colcha. Sin embargo feliz cuando pienso que hice la decisión correcta de no dejar a Papi las veces que lo he pensado cuando por tonterías como la de estar disparando por una carretera a las tantas de la noche me parecía que me maltrataba que no me quería, es sencillamente su manera de ser. Feliz de leer su nombre en los periódicos tantos éxitos económicos un verdadero macho tu hombre todas mis amigas me lo envidian y este año si Dios quiere nos daremos nuestro viaje a Europa. Las tiendas de Madrid donde todo tan barato un abrigo de ante por cuarenta dólares unos candelabros por sesenta qué ganga feliz cuando pienso que él me tiene a mí y yo lo tengo a él y que llegaremos a viejos juntos. Los jóvenes que hagan su vida como les parezca ya tendrán que aprender lo dura que es la vida no es miel sobre hojuelas no, pobre el que se crea que la vida es un lecho de rosas.

La muchacha se quedó frente a la ventana de la cocina todavía un buen rato. Sin darse cuenta comenzó a cambiar el peso del cuerpo de un pie a otro pie, colocando de una vez toda la planta en el suelo, como si pisase con infinita ternura el rostro de alguien amado. Se dio cuenta, al ver las nubes que se escapaban por una esquina de vidrio, de que pronto dejaría de llover. Abrió la puerta y salió al patio. Se sentó en el suelo y hundió las manos en la tierra mojada. Entonces se preparó para recuperar una vez más el recuerdo, discutiendo consigo misma el próximo juego que había de jugar.

Está estupenda la noche para ir a pasear, verdad, Mami, una noche regia para sacar a pasear el Mercedes hoy le mandé a encerar los flancos grises y le pusieron los tapabocinas más caros cuatro chapas de cromo sólido empotradas en banda blanca ahora se ve todavía más chic hace como que todo reluzca y la carretera esperándonos ahí afuera para nosotros nada más, Mami, en este país no se puede salir a pasear más que de noche sólo entonces se puede sacar la cabeza afuera y respirar ahora podemos planear nuestro viaje a Europa dime a dónde te gustaría ir.

Primero tengo que contarte algo, Papi, esta mañana me pasó la cosa más extraña se presentó en casa una muchacha con el papel que tú garabateaste la noche aquella cuando el hombre se nos tiró debajo de las ruedas del carro era definitivamente el mismo papel reconocí en seguida tu letra no te puedes imaginar el malrato que pasé aunque todavía me parece que todo es una mala pasada que el muchacho ese debe de estar vivito y coleando por alguna parte. No ha derramado ni una lágrima escasamente si pronunció una docena de palabras parada en medio de la sala con los puños cerrados mirándome a la cara sin el menor asomo de cortesía casi como si quisiera asustarme o está loca o es un intento de extorsión pensé en seguida. Figúrate que se me planta en medio de la sala y yo muriéndome rogándole a todos los santos para que tú regresaras para que te le encararas y se diera cuenta de que no podía meterse con nosotros de que con nosotros el chantaje no funciona porque conocemos a medio mundo de abogados y de bancos pero yo de todas maneras tratando de ser lo más civil posible preguntándole por el maldito tipo y diciéndole lo preocupados que habíamos estado ofreciéndole todo el dinero que necesitaran para médicos y medicinas deshaciéndome te juro que deshaciéndome de solicitud maternal y la tipa que me corta la palabra en seco y se me queda mirando así como mandándome a la mierda y me dice el muchacho está muerto yo lo hice enterrar diciéndolo así nada más como quien deja caer cuatro lajas de río en medio de la sala el muchacho está muerto yo lo hice enterrar como si aquello fuera de lo más natural sólo vine para que lo supiera mirándome y yo con la boca abierta como si me hubieran puesto un tapón como si me estuvieran sacando el corazón con un sacacorchos de esos de tirabuzón sintiendo que algo se me enterraba enroscándome para adentro por el lado izquierdo y que luego tiraban halaban para afuera fuerte me tuve que sentar en el sofá porque creí que me iba a desmayar mirándonos las dos sin decir una sola palabra por no sé cuánto tiempo y yo con aquel dolor terrible dentro del pecho.

Hasta que por fin reaccioné. Me enderecé en el sofá y me dije a mí misma imbécil dejándote impresionar por lo que te cuentan de un extraño si uno se va a echar encima todas las tragedias de la humanidad acaba arruinado el que da lo que tiene a pedir se atiene y cada cual que cargue con su cruz. Entonces ahí mismo me doy cuenta de lo que la tipa me estaba diciendo. Que nosotros habíamos atropellado al tipo que nosotros lo habíamos matado. Y yo que salto para arriba como un guabá cómo se atreve so insolente porque eso sí mi amor tú me conoces cuando te atacan me pongo como una fiera nosotros no tuvimos la culpa porque ya veía viniéndosete encima la acusación de asesinato en primer grado la demanda por un millón de dólares, Dios mío, este mundo está lleno de canallas. Ese hombre se tiró debajo de las ruedas del carro yo estaba allí y es bueno que usted lo sepa porque estoy dispuesta a dar testimonio en cualquier corte dispuesta a decírselo al mismo Jesucristo. Poniendo desde ya los puntos sobre las íes cuando la tipa se da media vuelta y vuelve a dejarme con la palabra en la boca y yo con la boca abierta que me quedo mirándola desde el sofá sin poder entender todavía de dónde venía aquella cosa que seguía retorciéndoseme dentro del pecho y la tipa que camina tranquilamente hasta la puerta la abre y se va.

No te angusties más por eso, Mami, mira que no habérmelo contado antes yo hubiera hecho las investigaciones para agarrar a esos bandidos la verdad que la gente en este país no tiene madre si vuelven a aparecer por esta casa no vayas a abrir la puerta si yo no estoy les dices terminantemente que no puedes atenderlos que vengan a verme a mi oficina ya sabré yo cómo lidiar con ellos. Pero mira cómo va el Mercedes, Mami, mira que bonito va por la recta como la seda va como la seda los tapalodos de alante rodando rodillos de rinoceronte la carrocería de acero de media pulgada y lo que se lleve por delante ni se entera ni una mella le hace noqueado al otro lado del mundo y sin pasaje de regreso es una condenada cabronería este carro Mami es una condenada cabronería.

Amalia

"Echó, pues, fuera al hombre, y puso al oriente del puerto de Edén querubines, y una espada encendida que se revolvía a todos lados, para guardar el camino del árbol de la vida."

—Génesis, III, 24.

Ahora ya estoy aquí, en medio del patio prohibido, saliéndome desde adentro, sabiendo que esto va a ser hasta donde dice sin poder parar, rodeada de golpes de sábana y aletazos abandonados que dan vuelta a mi alrededor, sudando caballos blancos y gaviotas que vomitan sal. Ahora empiezo a acunar entre los brazos esta masa repugnante que eras tú, Amalia, y era también yo, juntas éramos las dos una sola, esperando el día en que nos dejaran encerradas en este patio, en que sabiendo que nos dejarán. Ahora todos se han ido y la casa arde como un hueso blanco y doy un suspiro de alivio porque ya estoy sudando, porque ahora por fin puedo sudar.

Una de las sirvientas me encontró con los ojos vueltos hacia la sombra de atrás tirada en el suelo del patio como una muñeca de trapo. Y empezó a gritar y aunque yo estaba lejos la oía gritando al lado mío con desesperación hasta que sentí que entre todas me levantaban con mucho cuidado y me llevaron a mi cuarto y me tendieron en la cama y después se fueron todas llorando a buscar a mamá. Ahora el brazo derecho me pesa como un tronco y siento la aguja metida, y aunque tengo los ojos cerrados sé que es la aguja porque ya la he sentido antes y sé que debo tener paciencia y no me puedo mover porque si me muevo es la carne desgarrándose por dentro y el dolor. Oigo detrás de la puerta a las sirvientas gimoteando y más cerca a mamá, doctor, si la niña no hacía ni diez minutos que había salido al patio, se le escapó a las sirvientas que estaban lavando la ropa en la pileta, si para eso están ellas para vigilarla que no salga al sol, tres sirvientas para eso nada más, pero ella es lista como una ladilla y se les escapa todo el tiempo, en cuanto se distraen se escurre como una polilla blanca por la oscuridad, se esconde debajo de las hojas de malanga acechando, velando el patio donde se ponen a secar las sábanas, y cuando ve que no hay nadie sale y se acuesta en el piso ardiendo como una cualquiera, como una desvergonzada, ensuciándose el traje blanco y las medias blancas y los zapatos blancos, con esa carita inocente vuelta hacia arriba y los brazos abiertos, porque quiere saber lo que pasa, dice, quiere saber cómo es. Ya casi no puedo dormir, doctor, es la cuarta vez y la próxima la encontraremos muerta, y lo peor es no saber lo que tiene, saber nada más que no tiene remedio, verle esa piel blancucina y transparente como un bulbo de cebolla encogiéndose y ensortijándose al menor contacto con el calor, ver el agua que le sale por todas partes como si fuera una vejiga y no una niña y la estuvieran exprimiendo. Por las noches sueño que la veo tirada en el suelo del patio toda arrugada y seca, con la cabeza muy grande y el cuerpo chiquitito, con la piel gomosa y violeta pegada sin remedio al semillero duro de los huesos.

Entonces oigo señora, dígame, entre su familia y la de su marido existe alguna relación, no que yo sepa, doctor, no hay lazos de sangre si eso es lo que usted quiere decir, no quedábamos ni primos lejanos, pero por qué pregunta eso, qué es lo que está pensando, no nada, es que en estos casos de degeneración genética siempre hay detrás algún incesto, son los mismos genes que se superponen unos a otros hasta que se debilitan las paredes y entonces aparece en el hijo una característica de naturaleza distinta, nace con una sola pierna o a lo mejor sin boca, sí, claro, casi siempre se mueren pero en este caso no y eso es lo malo, qué es lo que usted está diciendo doctor, incesto. Pero si mi marido y yo no quedábamos nada, usted está loco, doctor, INCESTO, IN-cesto, in the basket, encestó, señora, el cesto de la basura, el vicio de los pobres, en el diez por ciento de las familias puertorriqueñas se comete incesto, es la urgencia natural del hombre cuando se acuesta la madre con las hijitas en el mismo cuarto, ya usted sabe en la oscuridad no se sabe, winstontastesgood like a cigarette should, pero también es el vicio de los ricos, es el vicio de todo el mundo porque la relación sexual es siempre meternos dentro de nosotros mismos, meter el espejo dentro del espejo, el espejo redondo dentro del útero de nuestra madre por donde asoma la cabeza sangrienta de nuestro hermano, carne de mi carne y sangre de mi sangre que te meto dentro, ¡oh! dios creó al hombre a su imagen y semejanza pero el hombre se sintió solo en aquel paraíso tan grande y entonces dios creó a la mujer y se la presentó, ésta se llamará varona porque de varón ha sido tomada y el hombre se sintió consolado porque cada vez que fornicaba con ella le parecía que fornicaba con Dios. It happens in the best of circles, or baskets, perdón.

Entonces oigo que mi madre da un portazo y sale del cuarto y las sirvientas siguen gimoteando detrás de la puerta y oigo que el médico les da instrucciones minuciosas para mi absoluto reposo y para que traten por todos los medios de impedir que vuelva a salir al sol. Entonces cierra la puerta sin hacer ruido y se va.

De medio día abajo mi tío entró a verme acompañado de mamá. Tenía puesto el uniforme militar, planchado y almidonado como un arcángel y el águila relumbrándole sobre la visera del gorro. Llevaba una gran caja rosada debajo del brazo y con el otro abrazaba a mamá rodeándole los hombros desnudos. Los veo ahora, juntos al pie de mi cama, deformándose continuamente por las gotas de sudor que me caen de los párpados, las facciones finas, las manos finas, los labios finos, alargándose, acortándose, concavándose, uno en traje de mujer y el otro en traje de hombre, idénticos, alternando animadamente los mismos gestos, cambiando rápidamente de máscaras entre sí, rebotando risaspelotasblancas con precisión mortal, empatados en su pantomima furia, olvidados por completo del mundo. Me hablan pero yo sé que me usan, yo no soy más que una pared que reboto pelotas, juntos al pie de mi cama, mirándome, me usan para jugar entre sí. Hoy te he traído una sorpresa me dice le dice mi tío, y abrió la caja y sacó con mucho cuidado una preciosa muñeca de novia muy fina, me dice le dice, no es como las de ahora y le dio cuerda a una mariposa que tenías en la espalda y empezaste a mover tu pequeño abanico de nácar al son del cilindro de alfileres que te daba vueltas dentro del pecho. Entonces mi tío se rió como embromándome y un chorro de pelotas blancas rebotaron contra mí. Después que salieron del cuarto te acosté a mi lado y comprendí lo que mi tío había querido decir. Eras, en efecto, una muñeca extraordinaria, pero tenías una particularidad. Estabas hecha de cera.

Pobre Amalia ahora se te está derritiendo la cara y ya se ve la tela metálica donde reposan tus facciones, tu cara parece el ojo abierto de una mosca gigante. Trato de protegerte con mi cuerpo pero ya no sirve, el sol viene de todas partes, rebota de las paredes y te da puñetazos, de las sábanas cartones blancos, del piso arde. Ahora se te han derretido los párpados y me miras con las bolas de los ojos fijos, como esos peces de lagos subterráneos que no necesitan párpados porque no hay sol y nunca se sabe si están dormidos o despiertos. Ahora se te ha derretido la boca en un vómito de sangre y me da rabia porque pienso que la culpa de todo la tuvieron ellas, las otras muñecas que manipularon a su antojo al muñeco grande, porque estaban limitadas a una sola galería y a una sola baranda y ése era su destino, estar siempre en su sitio cuidando sus mesitas y sus floreros, sus tacitas y sus manteles haciendo juego, recibiendo las visitas de los generales y de los embajadores y de los ministros porque no quisieron y no les dio la gana y no se quisieron conformar. El sudor me cae dentro de los ojos y me arde pero mamá sigue de pie junto a mi cama, sonriéndome, aunque a mi tío, por más que trato, no puedo verlo más que en pedazos, como acabo de verlo ahora mismo cuando me asomé por la ventana del comedor.

El día que mamá murió le quité a Amalia su traje de novia

y la vestí de luto. Como mi padre había muerto hacía mucho tiempo mi tío se vino a vivir a la casa acompañado de Gabriel su chofer. Al poco tiempo de estar en casa mi tío botó a las antiguas sirvientas de mamá y cogió para el trabajo a tres muchachas muy bonitas, la María, la Adela y la Leonor. Las trataba siempre muy bien, nunca como si fueran sirvientas, las mandaba al beauty parlor todo el tiempo, les regalaba perfumes y joyas y le asignó a cada cual una preciosa habitación.

A pesar de que las muchachas agradecían a mi tío sus atenciones y eran siempre cariñosas con él, era evidente desde que llegaron a la casa que las tres andaban rematadas por Gabriel. Cuando Gabriel se sentaba en la silla de la cocina a cantar, vestido con el uniforme tinta que se confundía con su piel, los ojos le relampagueaban y su voz daba coletazos de muchedumbre. Cantaba todo el tiempo, lamiendo con voz de brea los zócalos y las paredes de losetas blancas de la cocina, derritiéndola sobre el fogón para después revolcarla entre las cenizas antes de enroscársela dentro de la boca otra vez. Siempre con la gorra puesta y ellas todo el tiempo sirviéndole café.

Entonces empezaba a tocar en la tabla de picar las costillitas y las chuletas una dos y tré como si fuera un tambor de picar las manos rosadas de cerdo y los sesos azules de buey qué paso maschévere hasta que ellas dejaban lo que estaban haciendo y lo seguían porque no les quedaba más remedio que seguirlo, bailando alrededor de la mesa de la cocina, garabateando el compás con el tenedor chiquiquichiqui sacándole las agallas a los peces y enganchándoselas en las orejas enroscándoselas alrededor del cuello quichiquichá como navajas de coral triturando huesos y chupando tuétanos una dos y tré y después baila que te baila y toribio toca la flauta que la conga é. La verdad que a mí también me gustaba seguir el compás con mi zapato blanco escondida detrás de la puerta de la cocina hasta que un día él me atrapó y dándome una voltereta en el aire me agarró por la muñeca y me puso al final de la cola. Desde ese día, cuando Gabriel no tenía que manejar el carro de mi tío, todo el día nos la pasábamos jugando.

Mi tío no había querido casarse nunca y se había dedicado en cuerpo y alma a la carrera militar. Yo había sentido siempre una inexplicable antipatía hacia él y evitaba su compañía. Él, por su parte, trataba de ser amable conmigo. Había dado órdenes a las sirvientas de que ya que el doctor me tenía prohibido salir al patio, me dejasen dentro de la casa en completa libertad. También por aquel tiempo me fue regalando otras muñecas bien alimentadas y mofletudas, a quienes fui bautizando María, Adela y Leonor.

Poco después de su llegada lo ascendieron a general y empezó entonces la interminable caravana de embajadores y de ministros, coroneles y generales. Yo los miraba pasar jugando con las muñecas, sentada en el piso del comedor como si viese pasar una procesión de tronos y dominaciones, pasillos y escaleras, subiendo y bajando majestuosamente la alfombra roja que llevaba al despacho de mi tío, pasando suavemente la mano por encima de la bola verde que brillaba al comienzo y al final. Yo no comprendía lo que hablaban pero me gustaba escucharlos cuando sus voces se elevaban llenas de inspiración, como esos himnos que se elevan por las noches de los templos pentecostales, jesús se quedó dormido tenemos que ganar jesús se quedó dormido somos los responsables del orden mundial jesús se quedó dormido establecido por mandato divino jesús se quedó dormido y si no se despierta pronto somos responsables de la paz sea con vosotros, de esa paz que conseguimos por medio de la producción en masa de cerebros cloroformocoliflor, de esa paz que repetimos todos los días, con la televisión me acuesto, con la televisión me levanto, coma por televisión, haga el amor por televisión, abra las piernas por televisión y para sin dolor, PROHIBIDOFUMAR PROHIBIDOMARAVILLARSE PROHIBIDOPREGUNTAR PROHIBIDOPENSAR dominus vobiscum et cumspiritutuo, la paz de la televisión sea con vosotros. Jesús se quedó dormido jesús se quedó dormido y si no se despierta pronto María lo matará lo matará lo matará.

Entonces oigo que dicen de ahora en adelante usaremos todas las armas que la divina providencia en su inmensa sabiduría ha puesto a nuestro alcance. ALCANCES, morteros, cañones, submarinos, cruceros y también el séptimo sello metido en una cajita de deodorante BanBan que una cigüeña lleva volando en el pico mientras venus se queda mirándola desde la tierra preocupada de que no se le vaya a caer y entonces oigo we are shipping M-48 tanks, landing tanks, every fifteen minutes, landing tanks, using nine triple turret eight inch guns, largest in service, destroying guided missiles, helicopters at its shores, every fifteen minutes, fresh fighter bombers, F4 phantoms, A6 intruders, A7 corsairs, every fifteen minutes, opening their jaws to vomit death, titititititi la máquina de teletipo sigue titititititi sacándome la lengua, enredándola alrededor de las patas de las sillas del comedor y de los tiradores de las gavetas civilians flee as gunners slammed barrage after barrage tititititi llenando el comedor hasta el techo de serpentina blanca.

Cuando la raíz de la lengua se le quedó atascada en la boca la máquina de teletipo se calló. Entonces todos los ministros, embajadores y generales se levantaron con mucho cuidado para que no se les resquebrajara el almidón de los uniformes y poniéndose la mano derecha sobre el corazón bajaron todos la cabeza y repitieron con profunda devoción hace siete años que lo debimos de haber hecho hace siete años que lo debimos hacer. Yo los escuchaba sin comprender lo que estaban hablando, pero cuando los oía cogía a mis muñecas y las ponía a todas en fila, hagan fila, orden, orden, a-t-t-ention, pero las muñecassoldadosniñosmuertos no me hacían caso se empeñaban en apiñarse a orillas de los caminos ofreciendo sus cerebros abiertos como ramos a los caminantes que no se los querían comprar. Y Amalia vestida de negro caminando por el desierto con la cabeza en la mano todo el tiempo quejándose todo el tiempo protestando porque ya no era como antes una hermosa mujer vestida de blanco que se paraba al pie de la cama y se quedaba tranquila observándonos morir, porque ahora no era más que una muertepiltrafa, muerteañico, muertenafta, muertenapalm, muertelatadesopa tabulada por la máquina registradora a 39 centavos cada una. Entonces me quedaba quieta en medio de la serpentina blanca y empezaba a sudar.

Desde que empezaron las visitas de las delegaciones se interrumpieron nuestros juegos en la cocina. Al terminar cada reunión mi tío llevaba a sus invitados a la sala donde hacía que la María, la Adela y la Leonor les sirvieran pasta de guayaba con queso y refresco de limón. Después hacía que se sentaran con ellos a darles conversación, como son extranjeros es bueno que nos conozcan mejor que vean que aquí también hay muchachas bonitas que se hacen teasing en el pelo usan pestañas postizas y covergirlmakeup, use Noxema shaving foam, take it off, take it off, Sexi Boom! executives intimate clothing fashion show Sexi Boom! churrasco served en La Coneja, Avenida Ponce de León No. 009 next to Martin Fierro Restaurant y ellos yes how nice, are these girls daughters of the american revolution? All. But much more exotic of course, the flesh and fire of tropical fiestas, of piña colada and cocorum, let's start screwing together the erector set girls, my daddy wanted me to be an engineer and every year he gave me for christmas a yellow erector set.

Y la María la Adela y la Leonor a carcajada limpia coreando oh tierra de borinquen donde he nacido yo, reptando como jutías por encima de las butacas y de los sofás, tierra de miss universo la isla de marisol, tomando champán en zapatos de escarcha azul, desfilando desnudas por entre galerías de libros que nadie tiene tiempo de leer, poe-sía, peo-sea, porque se tapó el sifón y la trituradora se atascó y la comida podrida apesta, cuando a sus playas llegó colón, aguantándose la risa dentro de las tripas, exclamó lleno de admiración FO! FO! FO! acariciando a los militares y a los embajadores con manos de mayonesa y uñas de guanábana, abofeteándose las caras con los cinco dedos abiertos para restrellarse la sangre y asegurarse de que no estaban muertas.

Al principio yo las oía desde lejos y les tenía pena hasta el día en que a mí también me llevaron a la sala y me pararon debajo de la lámpara con la falda blanca muy planchada como si fuera una mariposa de papel. Entonces me levantaron entre todas y me sentaron sobre las rodillas de mi tío y me llenaron las manos de mentas blancas y sonriéndome con ternura me aseguraron que todo aquello lo hacían en mi honor. Desde entonces cada vez que oía a alguien tocando suavemente a la puerta de atrás yo misma corría a abrir y ante el asombro de los hombres que se quedaban mirándome desde la penumbra del umbral yo sacudía enérgicamente la cabeza para que no los engañaran mis rizos y mi gran lazo blanco y los cogía tiernamente de la mano y los hacía entrar y caminando en puntillas atravesábamos sigilosamente los pasillos oscuros hasta donde yo sabía que se estaban divirtiendo tanto la María la Adela y la Leonor.

Durante aquellas tardes en que Gabriel y yo nos encontrábamos encerrados en la casa, abandonados a nuestra propia soledad, nos pasábamos todo el tiempo jugando a las muñecas. Habíamos convertido en casa de muñecas el antiguo ceibó del comedor porque nos agradaban las largas galerías de balaustres donde antes se recostaban las caras vacías de los platos. Sacamos a las muñecas de sus cajas y le asignamos a cada una un piso. Entonces establecimos una ley, en ese piso que le pertenecía cada habitante podía hacer y deshacer a su antojo pero no podía bajo pena de muerte visitar a los demás. Así jugamos tranquilos todas las tardes hasta el día en que a Gabriel le volvieron a entrar ganas de cantar.

Ese día Gabriel se atrevió a coger a Amalia entre los brazos y yo que no quiero forcejeando para quitársela Amalia es mía no la toques pero no había suéltala forma él era mucho más fuerte que yo suéltala te digo y la comenzó a acunar cantándole condenado muy pasito y que estás acunándola haciendo hasta que Amalia ayayay comenzó a enloquecer rompiendo todas las leyes ayayay subiendo y bajando por todas las galerías al principio jugando Amalia abriendo y cerrando tus faldas negras por entre los balaustres ayayay riendo Amalia por primera vez riendo con dientes de guayo chiquiquichiqui machacando ajos con los talones blandos en el hoyo hediondo del pilón PUM-pum-pum-pum, PUM-pum-pum-pum ay mamita qué fuerte huele la carnecita de ajo y después huyendo Amalia chillando como una loca como una verdadera furia corriendo y resbalándote, levantándote y volviendo a correr una y otra vez sin importarte ya el precio que sabías que tendrías que pagar. En las tardes que se sucedieron Gabriel y yo seguimos jugando a las muñecas, pero desde ese día nuestros juegos fueron diferentes. Amalia subía y bajaba por todas las galerías en completa libertad.

Todo hubiese seguido igual y así hubiésemos seguido siendo, a nuestra manera, felices, si no es por culpa tuya Amalia, porque se me metió en la cabeza que tú eras infeliz. Mi tío había insistido en que cuando yo cumpliera doce años hiciera la primera comunión. Unos días antes me preguntó lo que quería de regalo y yo sólo pensé en ti, Amalia, en los años que llevabas de luto y en las ansias que tendrías de vestirte de novia otra vez. Después de todo para eso te habían hecho, para eso tenías un sitio blando en la mollera donde se te podía enterrar sin temor un largo alfiler de acero que te fijara en su sitio el velo y la corona de azahares. Pero las otras muñecas te tenían envidia, gozaban viéndote esclavizada, siempre subiendo y bajando las galerías María cuánto has hecho hoy, que mi tío necesita dinero, y tú Adela acuérdate que me debes un lazo blanco y un par de medias, Leonor como te sigas haciendo la enferma te van a botar de aquí tú que ya tienes el pelo pajizo y la cara plástica resquebrajada, así consecutivamente, visitando las galerías dos y tres veces al día con el bolsillo oculto de la falda negra hecho una pelota de dinero de papel.

Yo quisiera un novio para Amalia dije y él me miró sonriendo como si hubiese esperado esa contestación. Esta mañana me entregó la caja de regalo antes de salir para la iglesia. Ya yo tenía los guantes puestos y la vela en la mano pero no pude esperar a estar de vuelta. Abrí la caja en seguida y cuando levanté la tapa se me paralizó el corazón. Adentro había un gran muñeco rubio vestido de impecable uniforme militar, reluciente de galones y de águilas. Cogí mi vela, mi misal y mi bolsa con la hostia pintada encima y debajo del velo que cubría mi cara logré disimular mi terror. Salimos a la calle y mi tío abrió inmediatamente sobre mí su paraguas negro. La iglesia quedaba cerca y fuimos en pequeña procesión, primero mi tío y yo, después Gabriel, después la María la Adela y la Leonor. La caja se había quedado abierta sobre la mesa, a merced de las habitantas del ceibó.

Cuando regresamos a la casa nos quedamos paseando por el patio, mi tío insistió en que me sentara a su lado en un banco y se quedó mirándome un rato sin pronunciar una sola palabra. Todavía sostenía el paraguas negro abierto sobre mi cabeza y había ordenado a los demás que subieran a la casa para que más tarde nos sirvieran allí la merienda de celebración. Los oídos me zumbaban cuando comenzó a hablarme y me dí cuenta entonces de que lo que me estaba diciendo me lo sabía de memoria, que desde un principio lo había esperado. Me había rodeado los hombros con un brazo y seguía hablando y yo no oía ninguna de sus palabras pero entendía perfectamente lo que me estaba diciendo y entonces supe exactamente cómo se tenía que haber sentido mamá. Pero a pesar de sus palabras él veía cómo yo mantenía la cabeza agachada y no me daba la gana de mirarlo y esto lo fue enfureciendo poco a poco porque mamá siempre lo miraba recto, aunque fuera, lo supe entonces, para desafiarlo, y yo no me daba la gana de mirarlo porque él no era más que un cobarde todo cubierto de aquellas águilas ridículas y no merecía siquiera que lo desafiaran porque un fantoche no se desafía porque un fantoche no vale la pena ni desafiarlo sino que se deja tirado en un rincón hasta que la polilla lo devora o le arranca la cabeza algún ratón. Entonces puso el paraguas abierto sobre el piso y dejó que el sol me acribillara por todos lados y puso su mano sobre mi pequeña teta izquierda. Yo me quedé inmóvil y por fin lo miré con todo el odio de que fui capaz. Y empecé a gritar a mí no me interesa tu paraíso de manjares y de champanes edificado para los embajadores y militares que vienen de visita, los embajadores porto rico is our home, porto rico chicken soup, chicken wire, chicken egg, porto rico chicken, ours, oh yes, a mí no me interesa tu paraíso dioressence bath perfume, paraíso tiempo piaget donde el amor es una bola gigante de lady richmond ice cream, porque las hojas se están cayendo de los árboles y el cielo chorrea cianuro y nitroglicerina por todas partes y los pájaros y las bestias huyen espantadas porque saben que el paraíso está perdido para siempre. Entonces él retiró la mano de mi pecho porque vio que sobre la tela blanca que estaba apretando había aparecido una enorme mancha de sudor.

Pero lo que sucedió después sí que no me lo esperaba,

Amalita, debe haber sido obra de las habitantas o a lo mejor fuiste tú, sí, ahora se me ocurre que lo más seguro fuiste tú, porque desde que Gabriel te cantó te pusiste atrevida y desvergonzada, desde entonces fuiste libre, sabías lo que querías y nada que tú quisieras se te hubiese podido impedir. Las habitantas estaban regordetas y conformes asomadas a sus galerías, eran después de todo sólo muñecas plásticas de esas hechas en serie, made in taiwan, con el orín aguado y las vocecitas de batería y el pelo plateado de nilón. Tú trataste lo más que pudiste de hacer que se rebelaran, echándoles en cara dos y tres veces al día su condición despreciable, su complaciente manumisión, 25 dollars a fuck rodeadas de bañeras de porcelana rosa y lavamanos en forma de tulipán en todos los colores y los clósets llenos de pelucas y de ropa y de vajillas de porcelana que se levantaban en medio de la noche a acariciar. Y no te dabas cuenta de que todo era inútil, de que tú no eras más que una muñeca de cera, un anacronismo endeble cuya excelencia artística no tenía empleo práctico alguno en el mundo de hoy, de que los dientes de tu caja de música estaban enmohecidos después de tanto tiempo y de que estallarían por todas partes como un pequeño concierto chino en cuanto te dieran cuerda y trataras de incitar la rebelión. Y sin embargo a lo mejor todo esto también lo sabías y por eso hiciste lo que hiciste a propósito y con toda premeditación. Sacaste el muñeco militar de su caja, le arrancaste las insignias y las águilas y también el uniforme blanco y después lo pintaste de arriba abajo con la pintura más negra que encontraste, con brea azul, le teñiste el pelo con jugo de hicacos negros, le ardiste la piel con cobalto y se la teñiste de añil. Entonces lo vestiste con un uniforme muy sencillo, casi de mecánico, y le pusiste su gorra con visera de charol. Cuando la María la Adela y la Leonor subieron a servir la merienda te encontraron metida en la caja con él, abrazados.

Entonces oímos explotar dentro de la casa el griterío de risas y mi tío subió de un salto las escaleras y entró al comedor. Yo me quedé quieta, sentada en el banco, mirando cómo las manchas de sudor se iban esparciendo por todo mi traje de manera que casi no me di cuenta cuando a los pocos segundos regresó trayéndote en vilo, sacudiéndote violentamente con las dos manos, esto es obra tuya chiquilla del demonio, te parecerás a tu madre con esa carita inocente pero en el fondo no eres más que una puta, te lo he dado todo y tú no sólo no me lo agradeces sino que me faltas el respeto, so pila de mierda descarada jódete con tu negro ahí tienes a tu pendeja muñeca y ahora quédense las dos ahí para que sepan lo que es bueno. Entonces te arrojó en mi falda y cerró la puerta de un portazo y volvió a entrar.

Un rato después empecé a oír unos ruidos extraños que venían de la casa, una dos y tré, quichí, que pase manché, quiché. Poco a poco me fui acercando al comedor hasta que haciendo un esfuerzo me pude asomar por el borde de la ventana. Gabriel iba delante, rebanando el tronco, los brazos, las manos, con golpes de acetileno, maceteando jarrones de flores y garrafas de vino, explotándolas de un solo golpe, garrapatas abastecidas, cabezas de mártires, muebles destripados, arañas espacharradas contra los espejos de baccarat, platos y vasos y fuentes de plata como proyectiles volando, piedras, puños, rodillas y codos volando, cantos de vidrio y no de palabras volando, plastas de mierda y no de palabras volando, todo estallaba a su alrededor como los fragmentos de una estrella en formación. Y detrás iban ellas, rebeladas, enfurecidas, poseídas de su espíritu por fin, bailando y pariendo a la vez, pariendo gritos y gatos y uñas mientras le pegaban fuego a los tapices y a las cortinas le han sacado los ojos y los echaron en un vaso revolviendo los cuchillos dentro de la guata le cortaron las manos y se las sirvieron en un plato quebrando la cadera y volviéndola a meter le han abierto la boca y le han metido algo rosado y largo en ella que no comprendo cada vez más profundo cuando gritan E. Mi cara me mira tranquila en el cristal de la ventana, enrojecida por la luz de las llamas. Entonces el cristal se astilla y mi cara se astilla y el humo me ahoga y el fuego me roe y veo a Gabriel delante de mí cerrándome la entrada con la espada.

Cuando el fuego se fue apagando me quedé mirando cómo el sol rebotaba de las paredes. Lentamente caminé hasta el centro del patio. Entonces me senté en el suelo y cogí a Amalia entre los brazos y la comencé a acunar. Te acuné mucho rato, tratando de protegerte con mi cuerpo mientras te ibas derritiendo. Después te acosté a mi lado y poco a poco fui abriendo los brazos sobre el cemento que late y estiré con mucho cuidado las piernas para que no se me ensuciara la falda blanca y las medias blancas y los zapatos blancos y ahora vuelvo la cara hacia arriba y me sonrío porque ahora voy a saber lo que pasa, ahora sí que voy a saber cómo es.

Medea 1972

viniste a mí
con el peso del amor acomodado sobre el hombro
con su cabeza mansa colgándote del cuello
juntos desollamos el cordero
especulé entonces sobre el reflejo de tu rostro
aposté a tu cara linda de alcalde con futuro
a tu cuerpo refinado de talabartería
a los peces azules de tu espina dorsal
ensartados de alegría por la boca
a tus manos llenas de pan
para el hambre de todos
decidí darte a beber mis arañas sangrientas
prenderte a los ojos mis broches de basalto
y me colé invisible
por mi cuerpo de arsenal
de bárbara princesa
hasta el centro mismo del amor
descendiendo de tu brazo hasta pisar la costa

pero el amor en tierra extraña empezó a engordar
se infló de grasa como yo de hijos

cinco parí en absoluto silencio
chupando filtraciones de piedra pome
embrutecida por la vellonera de tu sexo
inflándome de espuma en espiral
máquina de refrescos
de gomas que me ladran a los perros
cuando pasas en tu lincoln continental
ayer tendieron el amor sobre la mesa
los accionistas estaban en conferencia
cada cual desarrajó su presa
un brazo una pierna un ojo en punta de lanceta
en el vientre enterrado un letrero
se vende tu madre que fornicas
mientras te observo
y lloro con el esqueleto de mi voz
resueno sordo vibro
por el hueco
de mi bocina de tierra
que se hunde hunn hunn hunn
por mi pecho
como la bomba teta negra que chupa
halando palo arriba palo abajo
mientras repito equivocado
número equivocado
el amor
el amor hunn hunn
es una calle de faroles colhorados
que se hunde hunn
por mi alma
mientras te observo

en medio de tu mesockitomesockitomesockitome
giradero trivial de tus caderas
porque adentro estás inmóvil
las ventanas retrancadas con aldaba
las puertas con falleba
y te asfixio los ojos con las manos
porque me has abandonado

ahora meto la segunda y acelero
hasta donde duermen los niños en gavetas de vidrio
les preparo a cada uno una cucharadita como un avioncito
que viene volando abre la boquita
hunn hunn hunn
y ellos la boquita abierta los ojitos abiertos
y se cierra
y se cierra
entonces es el verde parís derramándose por dentro
paralizando todos los insectos
los ojitos que se van quedando quietos
cucubanos pegados al espejo
de tu cara despavorida
que repito
eructo
el amor
hunn hunn hunn

así vengo a ti
valseando
vengeando
con paso de valsa y pico de garza

valso convusco
desensuicheando
corrugada valla de lágrimas
oyendo helarse el crujir de los insectos
cada vez menos
y me asomo asesina por mi cara de madre
que aúllo zumbo silbo
antes cordero pascual que vellocino anciano
y encabullo otra vez la mordaza
que tiro
girando
a la plaza
y nadie soy
y soy todo lo que vengo

La caja de cristal

He sabido toda la vida que yo también era uno de los escogidos. Tuve siempre confianza en los sueños, porque sé que tras ellos se esconde la puerta de la inmortalidad. Tuve siempre confianza en mis manos, porque adivinaba que tenían el poder de crear puentes mágicos hechos de ramas de hielo, de telas de araña, de barras de iremita, de hebras de nitroglicerina, de todo aquello que hace posible la comunicación universal. Por ello las autoridades me buscan, aunque hasta ahora no han logrado identificarme. Sé que el día que lo logren no tendrán compasión de mí. Me apuntarán con sus armas y ni siquiera se molestarán en registarme para hallar la debida identificación: la licencia de conducir, las huellas digitales, cualquiera de esas pruebas que en mi caso resultarían gratuitas.

Mi bisabuelo había venido a Cuba vestido de levita, tuxedo y claqué, y resoplando "¡qué calor!", como si en Panamá hubiese hecho más fresco que en La Habana. A pesar de su apariencia de mago caído en desgracia, el haber cruzado el Atlántico en compañia de Ferdinand de Lesséps lo rodeaba de un aureola de prestigio. Habían sido dos amigos unidos por un mismo sueño: escindir en dos mitades el continente del Nuevo Mundo abriendo la arteria de comunicacíon buscada por el hombre occidental durante siglos; zarpar en línea recta desde Francia hasta la India, alcanzar los remolinos de seda, los bosques de canela y cinamono, los cántaros de almizcle y aloé. Pero si Ferdinand soñaba cavar en el continente virgen el surco que habría de ser la hazaña geográfica del siglo, Albert soñaba construir el puente más hermoso del mundo, que abriera y cerrara sus mandíbulas como los fabulosos caimanes de América cuando están haciendo el amor.

Al fracasar la compañía de su mentor en 1896 por haberse empeñado en hacer un canal sin esclusas que amenazaba desbordar un océano dentral del otro, Albert no había querido abandonar América. Su sueño de un puente que hiciera posible la comunicación universal había fracasado, pero había llegado a Cuba con los bigotes rubios aún rizados por los sueños. Al poco tiempo de su llegada se dedicó a diseñar hermosos puentes de metal que elevaban frágiles telas de araña sobre las copas de mangó y los torrentes de cañabrava. Aquellos puentes ofrecían a los habitantes un cambio refrescante de los retacos puentes de mampostería construidos por los españoles con los sobrantes de mojones de camino. Su fama llegó hasta el punto en que se le conocía por toda la isla como "el francés de los puentes", pero él jamás le dio importancia al distintivo, ya que los puentes no eran otra cosa que la cristalización inevitable de sus sueños.

Fue para aquellos tiempos que conoció a la criolla con la cual se casó. Ileana no hablaba francés y Albert manejaba escasamente el vocabulario de la vida cotidiana, pero ella no olvidó jamás la inocencia de los arabescos geométricos que vio reflejados en sus ojos cuando lo conoció, ni la delicadeza con que levantaba extrañas construcciones de hilos entre sus dedos para ilustrar su manera de crear. Por las noches ella le preparaba su potage St. Germain y por las mañanas le cepillaba su lustroso sombrero de copa antes de que montara a la berlina de flecos azules. El resto del día mientras Alberto estudiaba los declives topográficos de los ríos, Ileana, sus primas y sus tías limpiaban fusiles y preparaban vendajes que escondían bajo la tapa del piano de cola; Albert había ingresado a una familia de mambises y nunca se enteró.

Cuando el abogado francés a quien le había estado enviando sus ahorros durante años desapareció de París misteriosamente, comenzaron a decaer sus ánimos. Debido a la creciente intranquilidad del país, no pudo seguir edificando puentes y desde entonces, quizás a causa de la nostalgia de saber que ahora jamás podría regresar a su patria, había inventado una caja nevadora que además del placer que le produciría recordar el roce liviano de los copos de nieve sobre su piel atosigada por tantos años de calor, tuviese también la utilidad de conservar fresca la carne de los mataderos de la ciudad. Una mañana Ileana lo anduvo buscando por toda la casa para servirle su café con leche y lo encontró sentado en el suelo del primer frigorífico de La Habana, vestido de tuxedo, levita y claqué y en los ojos abiertos la misma mirada de ensueño con que debió contemplar las ramas congeladas de los pinares de Alsacia el día en que se le ocurrió por primera vez que podría utilizar sus diseños para construir puentes.

Habiéndose quedado sin techo y sin sustento, mi abuelo y mi bisabuela se fueron a vivir a Mantanzas, a casa de la tatarabuela mambí. Cacarajícara, Lomas del Tabí, El Rubí, Ceja del Negro, la revolución cubana hinchaba un brazo de mar que amenazaba barrer con todo el Caribe. Jacobito tendría siete años cuando un balazo le destrozó la cara al mejor amigo de la familia. "¡Se detuvo un momento en los estribos, soltó el machete y se desplomó el Titán de Bronce en Punta Brava! Esa es la ceiba, ésos son mis primos, ése es Maceo muerto entre sus brazos, coroneles del estado mayor y no tenían más que machetes." Su madre apuntaba a sus ojos de niño la reproducción de la escena en el manoseado volumen de la historia de Cuba. "Muerto entre sus brazos el negro de corazón más noble, el verdadero revolucionario. Desafiaron una lluvia de balas para rescatar el cadáver, cabalgaron tres días y tres noches para darle sepultura lejos de las líneas españolas."

Las hazañas de la familia no hicieron mella en el ánimo de Jacobito. Se quedaba extasiado mirando las picas voladoras que giraban banderitas de colores sobre las latas de los vendedores de barquilla o escuchando embelesado el silbido de la rueda del amolador mientras el aire se llenaba de chispas azules despedidas por el filo derretido del cuchillo contra la piedra de esmeril. A los doce años lo embarcó en un balandro rumbo a Puerto Rico, donde estaría a salvo de las feroces represalias de los españoles contra los últimos miembros de una familia que casi se había extinguido en la lucha por la independencia.

Jacobito desembarcó en la Playa de Ponce machete en mano, pantalones enrollados hasta las rodillas, sombrero de paja encajado hasta las cejas y sin camisa. "Me hice aprendiz de mecánica en el Fénix porque me gustó aquello del pájaro inmortal que renace de las cenizas. Pronto aprendí a fundir las vertiginosas catalinas de los ingenios de azúcar que me daba tanto gusto ver girar como las picas de los vendedores de barquilla de mi pueblo." Giran las volantas, giran catalinas, giran los molinos, el cilindro de vapor que mueve el cigüeñal que da vuelta al eje que gira la volanta que exprime el guarapo que los americanos desembarcaron por Guánica.

Vestido con su reluciente uniforme de oficial de bomberos, Jacobito metió a Yumurí hasta el pecho en las aguas transparentes del Caribe para recibir mejor al comandante Davis. El Dixie, El Annapolis y El Wasp dibujaban siluetas plomizas frente al villorrio soñoliento de La Playa. Las tropas españolas se retiraron del pueblo sin disparar un solo cañonazo puesto que no tenían cañón y el cuartel de la ciudad fue entregado a los americanos por el general de los bomberos, pariente de Jacobito, en una ceremonia musical. Sapos aplastados en las calles polvorientas, el Aquí Me Quedo, el Polo Norte, El Cañabón, la Logia Aurora con el ojo inmenso que siempretevé, el Parque de Bombas cubierto de inmensas franjas negras y rojas del tablero de damas que se derritió, los senos plateados y espléndidos de los campanarios de la catedral; los flamantes y juveniles voluntarios de la nueva nación civilizadora izaron tiendas a las afueras del pueblo en el barranco pedregoso del río Portugués, no porque estuviesen azorados, sino estrictamente por razones estratégicas.

Allí fue Jacobito a saludar al comandante Davis por medio de un intérprete, y a prevenirlo contra las súbitas crecientes del río violento y traicionero. "¿Cómo ha conseguido usted un descendiente tan hermoso del Tennessee Walker?" Jacobito no comprendía de lo que le estaban hablando hasta que el intérprete le señaló a Yumurí. "No, señor, no es de Tennessee, éste es un caballo de los mejores, caballo de paso fino puertorriqueño, hijo de Batallita en Mejorana y descendiente de Nochebuena pero si a usted le agrada se lo regalo para que sepa de veras lo que es un caballo." El comandante no entendió muy bien aquello de la descendencia, pero aceptó gustoso el obsequio. "Se llama Yumurí por un cacique indio rebelde que mató a mil invasores en mi tierra no, aquí no, en Cuba, a los españoles señor por supuesto sólo a los invasores retrógrados." "¿No le importa que le cambie el nombre?" "No hombre no, cómo va a ser póngale el que a usted le guste qué le parece Tonto ése es un nombre simpático es muy popular en Nuevo México lo usan mucho en los rodeos para caballos de show." Montura, jipijapa, jinete giraron simultáneamente como veleta blanca que súbitamente el viento azotó. Jacobito ni siquiera volvió la cabeza, "ojalá el golpe de río se los lleve, Yumurí, tan noble, Yumurí, que respondes a la presión más leve de mi índice y de mi pulgar".

La verdad fue que con la llegada de los americanos a Puerto Rico se hicieron realidad todos los sueños heredados de Jacobito. Logró a su vez elevar hermosos puentes de metal sobre los barrancos de cañabrava, en su fundición se derretía en grandes cantidades el hierro azulosorrojoblanco que vertía en las inmensas catalinas de las grandes centrales de capital extranjero, su casa fue la primera que se electrificó en el pueblo, estrenó el primer Model T que espantó a los caballos por las calles polvorientas, inauguró el primer cine que bautizó "Teatro Habana" en un edificio todo cubierto de lirios y refrescado por amplios surtidores que iban salpicando lentamente los largos cabellos de las estatuas reclinadas al borde de las fuentes. Su felicidad llegó a tal extremo que un día en que presenció un acto acrobático que ejecutaron unos aviadores americanos a las afueras del pueblo, se convenció de que él podría hacer lo mismo y subiéndose a la azotea de su casa, se lanzó al espacio abrazado a un paraguas abierto.

El pueblo entero lo acompañó al cementerio. Caminando detrás de la banda de los bomberos que resonaba sin tregua platillos y trompetas, sus amigos fueron cantando, con voces quebradas por los destellos de bronce:

> *No volverán jamás*
> *felices días de amor*
> *En nuestro corazón*
> *a disfrutar, a disfrutar.*

No hubiese querido un entierro triste, le tenía pavor a la gente seria. Por eso lo enterraron con su uniforme bomberil, capacete empenachado bajo el brazo y borceguíes brillantes de charol. Como era francmasón no pusieron una cruz sobre su tumba sino que, en cumplimiento de sus últimos deseos, colocaron sobre la lápida el cuerpo de su perra Gretchen, orejas alerta y erguida para siempre la cola espumosa, según él mismo la había conservado después de su muerte, sumergida en un baño de cemento.

En todo esto pensaba yo de niño, mientras me quedaba extasiado mirando la caja de cristal que mi abuelo se había mandado hacer a Cuba cuando había logrado reunir su primer dinerito, para contrarrestar la nostalgia del destierro. Y recorría con curiosidad los senderos que bajaban por las lomas de pajita verde, los bohíos de techo de yagua y balcones de palitos puestos en equis, las nubes de algodón adheridas al techo de tabloncillo pintado de azul del barrio de

Matanzas donde Jacobito se crió; los hombrecitos de alpaca y de miga de pan que atendían sus hortalizas, que bajaban las lomas con racimos de plátanos verdes colgados de los homros, que ordeñaban sus vacas y daban de comer maíz a sus gallinas jabás, que atendían, día a día, aquella tierra que sólo les pertenecía a ellos, recién rescatada a los españoles durante la revolución: aquel mundo me recordaba inevitablemente un paraíso perdido.

Luego de quedarme mirándola durante horas, balanceándome precariamente al borde de una de las muchas sillas tapizadas en bejuco de maguey que poblaban la sala formal (la caja se encontraba siempre colocada en una repisa alta, fuera del alcance de los niños, y para lograr admirala era necesario permanecer por lo menos diez minutos inmóvil frente a ella, hasta que los ojos se acostumbraran a la penumbra de la habitación) yo salía de la casa dando un portazo de trueno a mis espaldas, y me sumergía de golpe en la claridad de gritos y empujones de mis primos como si me sumergiese en el agua escandalosamente fría de un estanque.

En adelante mi abuela se ocupó del sostenimiento de la familia. De los seis hijos varones que había tenido, mi padre, Juan Jacobo, se pasaba las horas quitándole las cuerdas al piano de cola para volvérselas a poner de manera que las notas sonaran diferentes. Fue así como el piano llegó a tener, sin que él lo supiera, un pentagrama japonés. Mi abuela comenzó a preocuparse cuando vio las mismas extravagancias de su esposo comenzar a aflorar en las inclinaciones del hijo. A Jacobito le apasionaba sembrar agapantos, pero no se conformaba con sembrar una reata o dos reatas de agapantos. Sembrar agapantos significaba sembrar un mar de agapantos que se derramara de un pueblo a otro, sembrar valles enteros de espigas violáceas sobre los cuales él edificaba sus puentes.

Recordando los sueños de comunicación de su abuelo, Jacobito se dedicó a la política como único camino para llevar a cabo su antigua visión del puente universal. "Anoche soñé que construía el puente más hermoso del mundo, un puente de hilos de plata que yo tendía de Norte a Sur América, y los hilos iban saliendo de mi propio vientre como si yo fuese una araña gigante y no un ingeniero como lo que soy, qué extraño, verdad. Mi puente era un puente maravilloso que unía el oriente con el occidente y el norte con el sur en una sola nación donde no existirían ni la guerra ni el hambre ni la pobreza y el puntal de apoyo del puente era nuestra isla. Verás, hijo mío, venir a anidar a nuestros bosques todas las garzas del mundo y los que nos divisen desde lejos refulgiendo sobre el mar exclamarán: Has venido a ser a nuestros ojos como quien halla la paz."

Luego vinieron los años de la Danza de los Millones. Sus tíos y su padre construyeron innumerables y hermosas fundiciones, en sociedad y en comandita, con los grandes empresarios norteamericanos. Pusieron entonces a los habitantes de los arrabales a fabricar motores, turbinas, computadoras, detonadores, piezas de automóviles, grandes y pequeñas máquinas de todo tipo, que fuesen apetecibles al mercado norteamericano. Los habitantes, sin embargo, no podían comprender por qué aquellos objetos que ellos habían fundido, atornillado, vulcanizado, montado con sus propias manos y que luego empaquetaban y embarcaban para el norte tan amorosamente en los buquealmacenes de la Sea Train y de la Sea Land, cada objeto marcado nítidamente con su precio modesto y razonable para los amigos y compañeros norteamericanos que les hacían el favor de comprárselos para ayudar así a sus desvalidos hermanos del sur, se parecían tanto a las computadoras, turbinas, detonadores y motores que los norteamericanos les embarcaban de vuelta para que ellos se los compraran a su vez, desgraciadamente marcados por tres veces el precio en que ellos habían vendido los suyos.

La abuela no se había equivocado. Entre todos los miembros de la familia, sólo Juan Jacobo conservó intacto el corazón. Como el rey Midas, todo lo que tocaba se convertía en oro y hasta llegó a sentir nostalgia por la pobreza pero no tenía por qué preocuparse porque el oro pasaba a través de él como a través de un colador. Tenía los dedos endurecidos de polvo de oro pero la ropa que usaba estaba siempre un poco raída y le quedaba un poco grande, y llevaba siempre los puños deshilachados y empolvados los ruedos de los pantalones. Cuando sacaba el pañuelo para secarse el sudor la habitación se llenaba del perfume de aguamameli y el gesto de su mano detenida en el aire recordaba la gentileza con que seguramente comenzó el discurso de la edad de oro. Cuando conoció a Marina, el mar de los agapantos agitaba olas apasionadas en sus ojos.

En la antigua casa de mis abuelos se celebraron entonces cenas espléndidas para los empresarios norteamericanos. Los "superitos", como los había bautizado mi madre, ahogando lágrimas de risa a espaldas de Juan Jacobo luego de las frecuentes y clandestinas declaraciones de amor. Diminuta y alegre como un pájaro tropical era todo un dechado de cortesía con sus "guests", se sabía de memoria el *How to Win Friends and Influence People,* el *Boston Cook Book* y el *Emily Post.*

Sin embargo, cuando en las noches se sentaba a tocar danzas en el piano, vestida de azul jacinto de la cabeza a los pies, mis primos, mis hermanos y mis tíos nos sentíamos invadidos por un placer extraño, al escuchar el lento gotereo de la leche venenosa de los ramos de crótones que ella había colocado primorosamente frente a cada uno de los platos de sus invitados de honor.

En la Pascua Florida era ella quien todos los años ponía la casa de gala. Los niños sacábamos las vajillas de cumplido y los cubiertos de plata, poníamos la mesa para doce personas y salíamos a las calles de los arrabales del pueblo en busca de nuestros comensales. Los habitantes de la Caja de Cristal desfilan nuevamente ante mis ojos, de pronto se han desperezado, se estiran mugrientos y cabizbajos, arrastran sus pies descalzos sobre las losas que ayudé esta mañana a restregar. Dejan en el suelo los sacos de henequén, las bateas de dulces, los racimos de plátano y se van sentando poco a poco como si no supieran cómo voltearse, cómo sentarse sobre las sillas talladas sin quebrar las rosas de caoba, cómo poner las manos agrietadas encima del mantel albo. Mi madre bendice los alimentos desde la cabecera. Mis tíos comienzan a pasar las fuentes de porcelana entre los comensales que con infinito cuidado se van sirviendo los guineítos niños, el bistec encebollado, el arroz con habichuelas, sin que caiga ni un granito de arroz, ni una gotita de salsa sobre la blancura inmaculada del mantel. Poco a poco las cabezas se van levantando de los pechos hundidos, las miradas se cruzan con más confianza, alguna que otra boca desdentada ensaya una sonrisa. Mi madre leía entonces el Eclesiastés: "Torné me y vi las opresiones que se hacen debajo del sol, y las lágrimas de los oprimidos sin tener quién los consuele", pasaron el bienmesabe que las mandíbulas gomosas sorbieron con delicia, unos rostros reflejaban desconfianza, otros amargura, otros, la mayoría, indiferencia. "Y dije en mi corazón: ea, probemos la alegría, a gozar de los placeres; pero también esto es vanidad. Emprendí grandes obras, me construí palacios, me planté viñas, me hice huertos y jardines, y planté en ellos toda suerte de árboles frutales . . . amontoné plata y oro, tesoros de reyes y provincias; fui grande, más que cuantos antes de mí fueron en Jerusalén, conservando mi sabiduría . . . entonces miré todo cuanto habían hecho mis manos y todos los afanes que al hacerlo tuve y vi que todo era vanidad y apacentar de viento . . ."

Todos los días de Reyes se repetía aquel ritual, impuesto durante tantos años por mi madre; sólo que se repetía a la inversa. Los niños nos adentrábamos entonces por los arrabales del pueblo como si nos adentráramos por los senderos de la caja de cristal, saltando de puentecito de tablas en puentecito de tablas, de charco en charco, de balcón en palitos a balcón en palitos, espantando los cerdos, las gallinas, las guineas, hasta comenzar solemnemente a repartir entre los hijos de los empleados de las fábricas los regalos envueltos en papel plateado y decorados con grandes pascuas rojas.

La ceremonia de los obsequios duraba toda la mañana, pero de mediodía abajo nos sentábamos bajo un tinglado de zinc perforado de sol mientras los padres, los tíos, los abuelos de los niños tendían frente a nosotros un banquete de manjares espléndidos. Con infinita ternura iban colocando, sobre aquellos tablones astillados, cubiertos por la mugre de siglos, los platones quebrados rebosantes de arroz con dulce perfumado de canela y jengibre, las cazuelas desconchadas humeantes de arroz con pollo, los pasteles y el lechón asado colocados sobre hojas de plátano decoradas con amapolas, el majarete, el mundo nuevo, las hayacas, la sucesión de platos era interminable, nunca nos iba a caber todo aquello, ya teníamos el majarete atascado en el gaznate, "hemos comido opíparamenta muchas gracias", "pero no seas así mijito, prueba esta última morcillita picante, este último rabito de lechón". Sabíamos que teníamos que comérnoslo todo, quedarnos allí sentados hasta dejar aquellos tablones vacíos mientras los perros satos nos lamían las piernas por debajo de la mesa y los niños desnudos y barrigudos hincaban en nosotros el anillo de sus ojos brillantes, observándonos sin parpadear. Sólo después de terminarlo todo veríamos resplandecer en sus rostros la felicidad, sólo entonces podríamos jugar a la peregrina, a la bolita y hoyo, al esconder, al yapaqué yapaqué yapaqué de las guineas, ir a la letrina y cagar de pie, refrescándonos el culo con la brisa que entraba por las hendijas milenarias, brincar la cuica, bailar el trompo, celebremos todos juntos matarilerilerón, celebremos todos juntos con los hijos del patrón.

Justificada la posesión de bienes sin tasa escondidas las furias tras de las máscaras de vejigante, nos cogíamos de la mano y hacíamos una rueda alrededor de nuestros anfitriones, agitando inmensos mamelucos de raso brillante que inflábamos y desinflábamos a nuestro antojo, dando corneadas al aire con el cuerno azul, con el cuerno verde, con el cuerno rojo, con el cuerno amarillo salpicado de gotitas rojas, cuatro cuernos de toro en la frente y diez colmillos de tiburón. Bailábamos al son aterrador de aquella misma antiquísima canción que los habitantes de los arrabales solían cantarnos: "jínguili jínguili está colgando, jóngolo jóngolo lo está velando, si jínguili jínguili se cayera, jóngolo jóngolo se lo comiera".

Al regreso de mis estudios de ingeniería en Norteamérica, hacia ya muchos años que habían muerto mi padre y mi madre. Los testigos de aquellas cenas bíblicas, mis tíos y mis primos, habían expandido la corporación y montado nuevas fundiciones por toda la isla. Acarapachados bajo sedas de Saks Fifth Avenue y foulards de Hermès, almacenaban cantidades cada vez más exorbitantes de vajillas de Limoges y de plata de ley. La cristalería adriática doblaba tallos azules sobre el mantel, las lámparas derramaban lágrimas por las paredes, los tigres y unicornios luchaban por entre el follaje de los tapices que aleteaban con la brisa sobre los muros de la antigua casa, amarillentos ya por el tiempo.

Les pedí entonces que me dieran empleo y hasta ahora he vivido una vida tranquila: en la mañana me visto mi traje de gabardina azul y me dirijo a la oficina de mis tíos, que también es la mía, claro, y estoy muy enterado del ritmo de producción y depreciación de las fábricas.

Recibo en mi despacho a los inversionistas y socios norteamericanos, les enseño nuestros hermosos paisajes desde la altura del vigésimo piso de nuestro edificio de bronce, forrado de arribabajo de cristales opacos; les hago creer a veces que tanta hermosura es también de ellos en parte, por la cortesía y la cordialidad de sus habitantes; que algún día bienaventurado quizá llegue a serlo por completo.

Por las noches, sin embargo, es otra mi historia: me transformo en lo que soy en verdad. Vestido íntegramente de negro me introduzco sigilosamente por los pasillos de los edificios de los cuales yo siempre, claro, poseo copia de las llaves. Hasta ahora sólo he llevado a cabo pequeños actos de vandalismo, actos que son como pequeños puentes de amor que tiendo cada día entre los habitantes de la caja de cristal y yo, y que nadie en la corporación ha logrado explicarse hasta hoy: una mañana apareció devastado un compresor en la fundición: otra mañana una soldadora de la fábrica de computadoras apareció saboteada sin remedio: en otra ocasión alteré el delicado instrumento de tiempo de los detonadores que, ya examinados por los agentes de seguridad, estaban a punto de ser embarcados para una base naval en Norteamérica.

Temiendo las consecuencias que mis actos puedan tener próximamente en mi vida, he decidido introducirme por última vez en la antigua casa y rescatar la caja de cristal.

Ante la crisis por la cual atraviesan desde hace ya algún tiempo los negocios de la familia, mis primos y mis tíos se han entregado inesperadamente al pesimismo y a la desesperación. Anunciaron hace ya varios días el remate del mobiliario y demás objetos de lujo que hasta hace muy poco decoraban la casa solariega. A los gritos de "ofrezco doscientos dólares por los candelabros de plata, que valen mucho más pero en eso se tasaron porque estamos, después de todo, en familia, y no vamos a explotarnos unos a otros"; o a las maldiciones de "el reloj de péndulo le tocó a otro y yo lo quería, y a mí me tocó el piano de cola que está comido por la polilla y ya nadie dará nada por él", atravieso la antesala y el comedor sin que nadie se fije en mí penetro en la penumbra de la sala.

El vocerío del remate me llega aquí de muy lejos; aún no le toca el turno a los sillones de copete tallado y asiento de bejuco, diseñados para la elegancia de otros tiempos y desprovistos del confort de hoy. La caja de cristal está aún sobre su repisa, recubierta por una capa fina de polvo, olvidada aparentemente por todos. La levanto entre mis manos con infinita ternura y me apodero de ella, alcanzándola con una facilidad que, aún ahora, a pesar de mis años, me sorprende. Me la coloco debajo del brazo y cruzo una vez más las habitaciones abarrotadas de tapices y de alfombras orientales, de soperas, de porcelanas, de grabados, de óleos, todo regado por el suelo como un tesoro a punto de convertirse en piedra.

Nadie se fija en mí al apoyar silenciosamente la mano sobre la manija de la puerta y salir a la calle; nadie escucha el suspiro de alivio que me sale del fondo del alma al respirar de nuevo los perfumes que matizan, como una trenza rica y olorosa, las cunetas y los callejones de la ciudad: olor a guanábana, a pajuil, a piña, a naranja, a innumerables frutas ya un poco rancias por el calor; a mabí, a ron, a bacalao, a sudor y a semen de putas. Siento que ya no podré demorarme más; ya es tiempo de edificar mi puente: el puente más hermoso pero también el más terrible, el puente último.

Ya sobre el malecón, junto a la goleta que me espera y en la que viajaré por todo el Caribe transportando frutas y vegetales de puerto en puerto, me vuelvo en dirección de la ciudad y miro hacia donde se encuentra la casa. Aguardo pacientemente la detonación del aparato que dejé oculto en la repisa oscura de la sala, en el mismo lugar que ocupó durante tantos años la caja de cristal. Sé que mi espíritu no ha de hallar descanso hasta ver los hermosos arcos de fuego de mi puente elevarse hacia el Norte y hacia el Sur.

El abrigo de zorro azul

El día que Bernardo se quitó por fin la chaqueta de botones dorados de la academia militar dejó escapar un suspiro de alivio como quien se entrega a las arañas del sueño. De pequeña Marina le repetía al oído que tenía los ojos tan verdes que le daban ganas de arrancárselos de racimo como si fueran uvas. Existía entre ellos una relación misteriosa similar a la que existe entre la mano izquierda y la derecha, el equinoccio y el solsticio, el sístole y la diástole. Habían nacido con pocas horas de diferencia. Luego nacieron otros hermanos pero ellos, los primogénitos, retuvieron siempre a los ojos de sus padres ese brillo de primera magnitud y de calidad blancoazul que retuvieron Rigel y Betelgeuse, alfa y beta orionis, a los ojos Ptolemeo cuando recopilaba su Almagesto.

Al graduarse de la academia donde pasó tantos años, Bernardo sólo deseaba regresar a la casa de balcones blancos de su niñez. A su regreso descubrió que la familia se había mudado a la ciudad y encontró a su padre cambiado. Echaba en falta el olor a tierra que lo había rodeado siempre, el sombrero de ala ancha y pajilla de panamá que no se quitaba ni para sentarse a la mesa y que dejaba un delgado surco húmedo que nunca se le desvanecía por completo alrededor de la frente. Luego se enteró de que su padre había arrendado la mayor parte de sus tierras a inversionistas extranjeros para dedicarse a especular con grandes sumas de dinero que multiplicaba con mucho acierto.

Imposibilitado de regresar a lo que había soñado durante cuatro años, al cultivo de la tierra, Bernardo se pasaba los días recorriendo con Marina las fincas que bordeaban el mar. Se había aislado de la familia en un silencio de hielo sucio que su hermana se empeñaba en quebrar. Mi caballo hacía caracoles blandos segando a veces los cascos en el esfumado lento que se escapaba del agua. Yo lo dejaba ir, sombreando el caballo de mi hermano, penetrando al unísono la bruma salitrosa, alejándonos cada vez más de la casa. Fue entonces que le dije lo de la avioneta, yo nunca he volado, Bernardo, ten compasión de mí. Tengo diez pesos que no me los regaló nadie, me los gané trabajando, más que nada en el mundo quisiera poder volar. Bernardo, ten compasión de mí. El primer hombre que voló fue un emperador chino que se arrojó desde la torre más alta de su reino con dos sombreros inmensos en forma de almeja atados a las muñecas por largos hilos de plata. El segundo fue un mago japonés que construyó una chiringa en forma de pez y dándole la punta del cordel a un niñito desnudo que jugaba por allí se montó sobre ella y saltó desde la cumbre del Fujiyama. El tercero, Ícaro derretido en estalactitas de nieve. Los caballos alargaban pequeñas olas lanudas que se quedaban adheridas a las puntas de sus cascos, desgarraban lentamente la bruma con sus crines arrastrando sus colas de pesadilla blanca por encima de la cara de la luna.

Subieron rápidamente la cuesta del morrillo y se detuvieron en lo alto del acantilado. A lo lejos el mar se derrumbaba hacia adentro, devolviendo un barrunto de rocas y espuma.

Esa tarde logré convencerlo y fuimos al aeropuerto. Entregué mis diez pesos y subimos a la avioneta. Cuando comenzamos a subir tuve una sensación de varillas de madera que se doblan y papel de seda estrujado por el viento. Bernardo me miraba desde lejos, desde la distancia de sus anteojeras. Los guantes de gamuza le resbalaban sobre las manos y movía los pedales distraídamente como quien mueve una máquina de coser abullonando una manga de crema. Entonces comenzó su relato: Al regresar al colegio y enfrentarnos nuevamente al recrudecimiento del clima noté que la risa de mi compañero de cuarto se entretejía de tos como una nasa de pescadores cargada de diminutos peces rojos. Pero ya era demasiado tarde. El mismo día que hice los arreglos para su regreso alquiló un trineo y esa noche mi invitó a dar una última carrera sobre la superficie congelada del lago. Al salir por la puerta hizo sobre la nieve su acostumbrada verónica de loto negro con capa de velada de teatro. Yo insistí que se pusiera mi abrigo de zorro azul pero me lo rechazó. El trineo se internó en el lago y la niebla comenzó a borrar nuestra visión. Entrábamos en un hueco inmóvil donde se metía el puño y quedaba cercenado instantáneamente por la muñeca. Oíamos a lo lejos el crujido insoportablemente lento del lago que avanzaba congelándose por los bordes. Penetrábamos cada vez más en la densidad que se arremolinaba delante nosotros, un bosque agitado de colas de mono albino que se nos enroscaba de las manos. Entonces me dí cuenta de que mi compañero de cuarto iba ciego, no tanto por la niebla, sino porque se le había congelado la mirada. Ya no afueteaba a los caballos. Se había quedado inmóvil, impulsado por el vértigo como un auriga hierático atravesado por una lanza de viento. El trineo tropezó contra un banco de nieve e hicimos un largo tirabuzón blanco. Cuando me doblé sobre él la sonrisa le desbordaba nieve. Me quité el abrigo de zorro azul y lo envolví en él cuidadosamente.

Marina escuchó horrorizada aquel relato, sin poder siquiera disfrutar al ver a sus pies el mundo reducido a nacimiento. Su hermano no le había contado que tuviese un compañero de cuarto, su historia sobresalía súbitamente de su silencio como un témpano de hielo. Entonces vi que sonreía, apuntando a algo en el horizonte. Nos acercábamos a nuestra antigua casa, rodeada de cañaverales. La sobrevolamos y admiramos desde arriba su techo de cuatro aguas perforado de tragaluces, el mirador del comedor elevado sobre una hilera de cristales por donde estábamos acostumbrados desde niños a ver entrar y salir a los fantasmas. El sol chispeaba dentro de los tragaluces como alfileres de piedras de colores hincados en la copa de un gran sombrero de fiesta. Era la casa más hermosa de todas.

Algunos días después de subir con su hermana para enseñarle el mundo desde le claridad del sol y hacerle su relato de una muerte imaginada Bernardo volvió a alquilar la avioneta y enfilándola hacia un banco de nubes acumuladas desde hacía meses sobre el mar, desapareció para siempre. Ese mismo día por la mañana Marina recibió por correo un abrigo de zorro azul, de corte masculino y demasiado grande para ella. Pensó que era una equivocación.

El jardín de polvo

Voy cruzando lentamente por debajo de los árboles de mano de Eusebia, es hoy, la piel de los nísperos se ha rajado con el calor por debajo de la capa de polvo que los cubre dejando al descubierto la carne reluciente de venado, las cucarachas de ébano. Las abejas se introducen en las heridas de azúcar negra, la leche de los anones se cuaja sobre las escamas verdes con la lentitud de siempre. No hay nadie hoy. Sólo el jardinero arando como siempre el polvo. Cojeando a causa de la hinchazón en las piernas Eusebia va adentrándose en la sombra deshilachada del platanal hasta encontrar un tronco que sostenga el peso de sus espaldas. Después de inspeccionar atentamente el piso de tierra para asegurarse de la ausencia de hormigas bravas se sienta estirando las piernas, comienza a colocar sobre las grietas de sus pies pequeñas rebanadas húmedas que corta con una yen del tronco cercano de un árbol de cacto. Apoyo mi cabeza en su falda y escucho cómo se desmorona la galleta fresca del almidón sobre su carne negra. Me unta las sienes adoloridas con las yemas de los dedos, la palma gruesa de su mano pasa y repasa sobre mis ojos turbios como la barriga blanca de un pez de fango. Su piel brilla, me mira, sonríe, su cara está hecha de seda de berenjena húmeda, me dan ganas de hundir un dedo para ver cómo el hueco púrpura se vuelve a rellenar, me siento bien. Oigo el pito del tren, y recuerdo cómo anoche la brisa embolsaba la lluvia dentro del vientre del manatí que giraba preso dentro del mosquitero de mi cama tratando de escapar.

Eusebia saca un cigarro a medio fumar, lo enciende y da varias chupadas. Una procesión de fantasmas azules flota por entre las hojas grises y polvorientas de los plátanos como aguavivas arrastrándose por debajo del agua. Se balancea imperceptiblemente con los ojos cerrados repitiendo siempre el mismo sonido profundo. Hago un esfuerzo por levantar los párpados para mirarle los ojos de tamarindo y agradecer pero el diente de oro se va apagando, enterrándose poco a poco en la blancura de fango de su sonrisa. Las alas de pasa blanca que le nacen en las sienes se le esfuman por detrás de la nuca hasta desaparecer.

El día que Marina y Eusebia llegaron al pueblo cruzaron las calles desiertas de la siesta en el silencioso Packard negro. Veían las galerías de gruesas columnas rosadas pasar a ambos lados del carro como bailarinas de ballet estirando medias de seda antes del primer acto. Las casas, decoradas de guirnaldas de flores, canastas de frutas, ánforas inclinadas, remolinos de acanto, rebrillaban al sol como recubiertas por una espesa capa de azúcar. Los balcones de balaustres torneaban brazos de panadera joven sobre fondos de berilio turquesa, verde magenta, violeta ajonjolí. Eusebia pensó que el pueblo parecía una inmensa repostería de lujo y dio un suspiro de alivio cuando salieron por fin a la glera polvorienta del río Portugués.

La casa de Juan Jacobo quedaba a las afueras del pueblo,

cerca de la planta de cemento. El Packard se detuvo frente al portón de hierro y tocó su melancólico collar de pequeñas bocinas musicales. Nadie salió a recibirlos. Marina y Eusebia se asomaron por las ventanillas del carro y vieron una casa construída en medio de un campo de guata. Marina se quitó los zapatos y caminó descalza sobre la capa blanducha, dejando al pasar una larga hilera de pensamientos tristes hincados por el polvo. Miró hacia arriba buscando los murciélagos y tuvo que bajar la cabeza. El polvo que llovía sin detenerse la cegó momentáneamente. Comenzó a divagar por aquel paraje sin ruido ni de viento ni di agua, sacudiendo aquí y allá las ramas de algún arbusto reseco por el placer de levantar un fantasma dormido. Sopló sobre un gran copo de polvo, empujó una rama rota y salitrosa con dejadez, como si fuese un móvil de Calder, acarició con mano ausente los arbustos esmerilados de sal, pisando con pies insensibles los charcos de agua estancada y limosa. Por fin se detuvo debajo de la copa polvorienta del samán y levantó los ojos. Una complicada vegetación de membranas colgaba del abside central. Marina cayó redonda al suelo.

Cuando Juan Jacobo llegó a la casa esa noche Eusebia ya había metido a Marina en la cama y la había revivido a fuerza de agua florida sobre las sienes. Le habló del jardín que ella podría crear. El jardín persa, simbolo del paraíso, sólo había sido posible en medio del desierto. Podía ser un jardín simétrico y ordenado como un tapiz, o combado en un arco de porcelana azul como la cúpula de Masjidi-Shaykh. Le describió las riberas del Tigris y del Eufrates, donde las palmas de dátiles apiñaban un verde acaramelado e hirsuto que hería los belfos de los camellos golosos, la abundancia foliada creciendo a fuerza de paciencia sobre la arena milenaria como simetría de la felicidad. En el centro del jardín sagrado había siempre un pequeño estanque verde, pequeña puerta de jambas esmeraldinas por donde sólo pasaban los escogidos.

Marina no le contestaba, mirando siempre las volutas de polvo que seguían encaracolando sus lomos contra los cristales de la ventana de su habitación. Así estuvo varios días sin desempaquetar, considerando el fracaso de su matrimonio, esperando sólo a que aclarase un poco la bruma caliginosa para volver a montarse en el Packard negro y regresar a la casa de sus padres. El día que resonó el aldabón de hierro del portón sacudió en el fondo de la cama las plumas carcomidas de su sueño desencantado y se levantó para ver quién era. La mano de la bola caía una y otra vez con imperiosidad cuando Marina se asomó por encima de la muralla. Vio a un hombre de pómulos altos que sacudía el polvo que se había acumulado sobre el ala ancha de su sombrero, lustrándose los zapatos de dos tonos contra la tela gastada del pantalón. Movió su boca raída de payaso y le preguntó cortésmente si allí necesitaban un jardinero. Marina abrió el portón y le enseñó el jardín de ceniza planchada por toda respuesta. La mirada del visitante se iluminó. Es lo que yo siempre había soñado, dijo, un jardín sideral florecido de nebulosas. Ahora me explico la llovizna interminable que cae sobre este pueblo; es polvo de constelación. Cuando Marina trató de explicarle que se trataba de polvo de cemento sacudió enérgicamente la cabeza y apretó las pupilas con desconfianza. Claro, usted es demasiado joven para saberlo, le dijo, pero posee el jardín más hermoso del mundo.

Ese mismo día Marina desempaquetó, estimulada por el

desafío del visitante. Pudo vérseles entonces cultivando el jardín desde el amanecer, burilando con infinita paciencia una misteriosa geometría de rombos, cubos y ángulos sobre las láminas grisáceas del suelo. A Marina se le occurió colgar de las ramas más altas de los árboles numerosas girándulas que reflejaran la debilitada luz solar en sus esquirlas de acero. De las ramas más bajas colgó sistros nupciales con sonajeras de vidrio para que estuviesen al alcance de la mano de aquellos paseantes que desearan distraerse. El jardinero era igualmente incansable. Manejaba el machete con la parsimonia de un sacerdote egipcio y hacía con el rastrillo interminables peinados lacios sobre el polvo. Decoró los bordes de los caminos con élitros de coleópteros y cascarones de erizo, para que armonizaran los paseos con sus silbidos plateados. Cuando el jardín estuvo terminado esperaron una noche sin luna para salir a verlo. La concavidad púrpura reposaba su vientre agujereado sobre la superficie del jardín con la impasibilidad de una anemona servida sobre un platón de porcelana perfecta. Casi no se podía respirar.

Marina y el león

Fue para celebrar la llegada del reportero norteamericano, empeñado en escribir un artículo sobre los éxitos económicos de la familia, que Marina decidió dar en su casa una fiesta de disfraces. Se mandó hacer un precioso vestido de muñeca, con mitones de perlas y zapatillas de raso con grandes lazos blancos en las puntas. La metieron en una caja forrada de seda y envuelta en papel de celofán. A través de aquella superficie dura y viscosa a la vez, Marina vio pasar el mundo aquella noche como si estuviera recubierto por una capa de barniz abrillantado en miles de pliegues que se estriaban al atravesarlos la luz. Es como si la estuviera soñando, se dijo. Mi vida toda es como la veo ahora, lejana y reluciente, exactamente como si la estuviera soñando. Bamboleándose dentro de la caja, apretaba angustiosamente su abanico de nácar en la mano enguantada, temiendo que su entrada de muñeca dormida fuese a confundirse con la de un lujoso ataúd. Su gracia natural la salvó, sin embargo, y la recibieron las ovaciones de los invitados. Al sentir que la caja tocaba el suelo Marina dio con el filo de su abanico un largo tajo a la piel transparente del papel y emergió, risueña y destellante, enmarcada por los flecos adiamantados y lánguidos del celofán.

Sentada junto a su cuñado Marina escuchaba la conversación. De pronto sintió que una partícula de carbón se le incrustaba en un ojo y parpadeó vigorosamente. Marco Antonio acababa de afirmar que no descansaría en el desarrollo de sus empresas hasta no llegar a poseer el mundo. Era en ocasiones como aquellas cuando Marina utilizaba mejor su poder de concentración. Podía juntar los tallos de sus pensamientos hasta formar con ellos una inmensa palma de viajero en medio del desierto. Dejaba entonces deslizar por los huecos ahusados palabras que le refrescaran el alma, hermanos menores nacidos de mujer, hijos vencidos, nacidos de hombre, invitaremos a los empresarios a venir a la isla y les daremos un cocktail. Vendrá entonces el año que nos someterá a la prueba y colmo será de la codicia, colmo de los despojos de los mercaderes, colmo de la miseria en todo el mundo, haremos una consolidación de compañías y subiremos el precio diez centavos el quintal, solicitaremos ayuda federal y nos darán veinte millones más, los traeremos a ver nuestras bellezas naturales y nos darán treinta millones más, entonces arderán las pezuñas de los animales y estallarán las lajas. Entonces los llevaremos a ver nuestros arrabales y nos darán cuarenta millones más, los convenceremos de nuestra importancia estratégica y nos darán cincuenta millones más, porque el Anticristo fue el creador de esta provincia y su origen fue la ochenta millones más avaricia.

Marina pensó en su esposo, internado en un sanatorio desde hacía años. Pensó en el parecido alucinante que Marco Antonio tenía con Juan Jacobo, siendo a la vez tan diferentes. Recordó cómo, al enviar los submarinos alemanes al fondo del océano el primer molino de cemento, éste tuvo que recurrir a su hermano. No tenía dinero para encargarle un segundo molino a la firma norteamericana a la que le había encargado el primero y no sabía qué hacer, cómo convertir en realidad aquella ciudad enorme de luces polvorientas que colgaban de los techos de las casas como gotas de pus, de chimeneas incontables incrustadas en un cielo de flema que hasta entonces sólo existía en sus sueños, aquella urbe fantasmagórica que sólo existía en su mente pero que una vez convertida en realidad seguiría siendo igualmente fantasmagórica, envuelta por los siglos de los siglos en un sudario húmedo, adherido a la piel por el calor, embalsamada en gasas de harinas grisáceas que el viento cernía suavemente sobre todas las cabezas, sobre todos los hombros, sobre todas las frentes de los habitantes al igual que sobre todas las playas de polvorín blanco que elevaban, al subir la marea al atardecer, nubes que tronaban como cañonazos, sobre todos los campos untados de calamina, sobre todas las flores y frutas maduradas de cal, calcinadas de polvo de cemento en las ramas más altas de los árboles, existiendo desde entonces en un mundo donde el tiempo quedaba detenido porque de ninguna manera se podía saber la verdadera edad de las personas ni la de las cosas y por lo tanto daba lo mismo, porque por eso los habitantes se repetían unos a otros con una sonrisa triste aquello de genio y mortaja del cielo bajan y en el pueblo estaba prohibida la venta de toda clase de polvos, tanto los de Coty como los de Chanel, tanto los de arroz como los de almidón, los polvos limpiadores y los contraceptivos, los polvos de amor como los polvos de odio, enmascarados con albayalde para siempre y comiendo a través de las máscaras, hablando a través de las máscaras, riendo a través de las máscaras que no se podían quitar, esperando anhelantes la primera gota de agua que no brotaba nunca de aquel cielo de hormigón fraguado, la primera tormenta de rayos o huracán bendito que removiera aquel dosel de concreto armado que se elevaba sobre sus cabezas y que reflejaba, como en un estanque límpido, la superficie de aquella tierra sembrada de cemento, la lluvia desconocida y olvidada que sólo podría lavar aquella culpa que ellos no habían cometido pero que los condenaba a vivir como ancianos, entumecidos de plumas grises, rebosados eternamente en aquel vaho polvoso que levantaban a su alrededor a cada paso.

Marco Antonio encontró a Juan Jacobo sentado en el suelo, leyendo la biografía de Alejandro Eiffel, apasionado edificador de puentes y rascacielos, arquitecto de edificios de madejas de hilos que tejía y destejía entre los dedos. La petición de Marco Antonio le había parecido pueril. En menos de dos meses había fundido un segundo molino, hecho de velocípedos, bicicletas, duelas de barril, volantas de ingenios arruinados, chasis de automóviles abandonados, de toda la chatarra de hierro viejo que encontró, desechada por los habitantes a las afueras del pueblo. Juan Jacobo quedó así como socio fundador de una empresa que, luego de la creación inicial, dejó de interesarle por completo. Pero el dinero lo torturaba, era necesario tomar decisiones acerca de la baja de valores en el mercado, era necesario conseguir colaterales para ampliar la nueva fábrica, granjearse las simpatías del gobierno para conseguir los contratos de la construcción de las carreteras y de las escuelas, de los caseríos y de los edificios públicos. Juan Jacobo se sentía arrastrado por un remolino de fuego, era como estar girando dentro de los intestinos del demonio, dentro de aquel horno que él mismo había diseñado y que nunca cesaba de girar. Enfermó; fue necesario internarlo. Desde entonces Marina decidió irse a vivir a casa de su cuñado.

Algunos días después de la fiesta Marina fue a visitar a Madeleine, la esposa de Marco Antonio, a sus habitaciones privadas. Llevaba una primorosa lata de galletas en la mano y el pelo, recortado en redondo detrás de las orejas y húmedo aún de aguamameli, le azabacheaba al sol. No iba pensando absolutamente en nada mientras contemplaba el cabildeo de las góndolas sobre la tapa, sintiendo el leve roce de la brisa sobre la nuca cada vez que hacía girar el remolino rojo de su sombrilla sobre su hombro. Al abrir la puerta percibió un fuerte olor a amoniaco pero no le dio importancia, pensando que la casa había estado tanto tiempo cerrada. Cerró la sombrilla, pasó al comedor y se quedó paralizada en la puerta. Allí estaba Madeleine, sentada a la cabecera de la mesa en una silla arzobispal, raspando hojas con los dientes y acariciando con los dedos de los pies el espinazo de un león. Entra, entra, no le tengas miedo, me lo regaló Marco Antonio cuando pasamos por Brasil con el collar de aguamarinas que lleva puesto para poderlo amarrar, decía, mientras sorbía las gotitas de mantequilla sobre la próxima hoja antes de apretar los dientes y raspar.

Marina se acercó y puso con premeditada lentitud la punta de la sombrilla sobre las losas del piso como si fuese un fusil, deteniendo los zapatos inmaculados de griffin una pulgada exacta más allá del radio susurrante de la cola. La visita fue corta, Marina no se sentó y Madeleine no la invitó a sentarse.

A Marina le parecía mentira la transformación de la hija del dueño del colmado, que antes se llamaba Pepita y que Marco Antonio había bautizado Madeleine, y que había pasado su niñez cazando gorgojos por entre las habichuelas y vendiendo arroz a dos centavos la libra, en esta modelo de Vogue, de pechos resonantes dentro de la ajustada polo shirt, de ojos engastados en elaboradas pestañas de oro, que se comía con tanto gusto aquel vegetal inverosímil, cogiéndolas por la espinita negra de la punta con dedos ensortijados de brillantes y uñas color punzó.

Qué tal de viaje, preguntó Marina a boca de jarro y sin cordialidades. Divino, darling, divino, Río de Janeiro una maravilla. El Pan de Azúcar de biggest fuck in the world, darling, the biggest and most glorious fuck. Nos disfrazamos de cocolos y a conguear se ha dicho. Marina se había quedado pensativa mirando el piso, las manos apoyadas en el mango de la sombrilla. Madeleine seguía hablando y ella la escuchaba como desde una gran distancia. Tienes que buscarte un hobby como el mío, le dijo, algo a la vez excéntrico y exciting, darling, como por ejemplo jugar con la pelambre lustrosa de un león. No sabes lo que a Marco Antonio le gusta verme alimentándolo con mis propias manos, me encierra en el patio y me va alcanzando uno a uno los filetes frescos por entre los barrotes de las rejas para que yo se los ofrezca; lo que le gusta ver la sangre corriéndome por el vientre, bajándome en ríos de granate por los muslos y los brazos.

Marina la interrumpió. Dicen que Juan Jacobo sigue peor, dijo, como si le hablara al aire. Todavía no he podido verlo, no me dejan entrar al hospital. Pero Madeleine no la escuchaba, seguía hablando desde lo alto de su silla arzobispal como si hablara sola, date tú también tu viajecito con Marco Antonio, darling, yo te cedo el turno, a mí no me importa nada, te juro, hay que dar del ala para comer de la pechuga, como dicen, y yo sé que tú te mueres por ir con él. Marina ignoró la insinuación pero de pronto se sintió cansada, agobiada por un cansancio sin límites. Es como si la estuviera soñando, se dijo, mi vida toda es como la veo ahora, obsesionada por aquella boca de mantequilla brillante que se movía frente a ella todo el tiempo, lubricada al rojo vivo por el lápiz labial, como si todavía estuviese metida dentro de aquella caja la noche de mi baile, viendo pasar el mundo, lejano y reluciente, cubierto por una capa de barniz. Dio media vuelta y salió de la habitación, dejando a Madeleine con la palabra en la boca.

La noticia del león muy pronto recorrió el pueblo. El alcalde trató de disuadir a Marco Antonio de su propósito de albergarlo en la casa, pero no pudo lograrlo. Ponce es la ciudad de los leones, decía, leones de yeso vomitan agua de colores por la boca de sus fuentes, leones de bronce defienden valientemente los portales de sus bancos, leones de fieltro juegan invencibles por sus parques de pelota, yo me niego a devolverlo, sería un insulto para el prestigio de la ciudad. Entonces levantó tapias y murallas por todas partes, convirtió el antes sombreado jardín en un acordeón de cemento que reverberaba al sol, convirtió la casa en un complicado trompe-l'oeil; salas iluminadas por arañas de cristales, pobladas de divanes para conversar, abrían en su centro bañeras rosadas en forma de concha, escaleras de caracol elevaban inútiles pasamanos de filigrana hasta las azoteas vacías. De pronto uno abría una puerta y se encontraba cara a cara con un muro, otras veces se desembocaba en un patio de volutas de hierro que, pintadas de blanco, resplandecían al sol como el encaje tendido del manto de una reina. El león, arrastrando mansamente la cola por las habitaciones que le habían sido destinadas, jugaba con las mostacillas de los edredones y se divertía bostezando frente a los espejos ahumados, traídos de París.

Al ver a su cuñado convertir la casa en laberinto Marina pensó que la posesión de aquel animal era para él algo más que un mero afrodisíaco. Estaba consciente de que desde la bolita clandestina hasta el pote de la lotería, Marco Antonio podía afirmar sin mentir que el pueblo entero le pertenecía. Había comenzado los negocios colgando al cuello de las mendigas bateas emplumadas de peinillas multicolores que les hacía vender por tres veces su valor. Luego compró todos los carritos de resplandor azul en los que el hielo era ahusado, ahilado, compactado por un golpe experto del embudo en pirámides de frambuesa que asesinaban la sed. Pero habían sido las fábricas de cemento, carcomedoras de las lomas que ondulaban caravanas de dromedarios vegetales por el margen de los valles, lo que en verdad lo había enriquecido. Marina adivinaba que el león tenía que ver con el proceso ascendente de su ambición. Era el rizo de la ola, la última gema de su corona, el símbolo de su poder.

Poco después de su visita a Madeleine, Marina soñó que se había quedado dormida debajo del samán que crecía al fondo del patio. Abrió los ojos y vio el suelo alrededor de su cama cubierto de mimosas rosadas que movían lentamente sus estambres al ritmo de su respiración. Volvió a quedarse dormida y sintió deslizarse por su piel gotas de una substancia fragante, como de jade líquido. El roce de las hojas la despertó y, mirando hacia arriba vio con asombro que el samán lloraba sobre ella, dejando resbalar sus lágrimas por el envés pálido y velloso de las hojas. No sintió miedo. Había dormido sola en aquella casa durante tanto tiempo que ya nada la asombraba. Despierta o dormida, todo lo miraba con igual indiferencia, con esa serenidad del que se sabe invulnerable porque ya nada le importa. En las ramas más altas vio entonces a una guacamaya que gritaba con furia, salpicando todas las hojas con un vómito de fuego azul. El árbol entero parecía estar a punto de incendiarse.

Cuando Marina le contó a Marco Antonio lo que había soñado, éste le aseguró que debió haberlo leído en alguna parte, ya que el samán era conocido desde los tiempos de los conquistadores por sus supuraciones nocturnas, a causa de las cuales evitaron siempre dormir debajo de la copa, alegando que amanecían empapados por los excrementos de las cícadas. Ya Marina había olvidado su sueño la tarde que el mendigo pasó frente al portón de la casa vendiendo la guacamaya más hermosa que había visto en su vida. La llevaba encaracolada dentro de una jaula de esquejes de palma, demasiado pequeña para el ave. Al ver que tenía las plumas maltratadas se apiadó de ella y se la compró. La soltó inmediatamente y la observó perderse, remontándose libre por el boscaje polvoriento del patio.

Algunas semanas más tarde se levantó temprano y viendo que hacía un sol hermoso decidió podar ella misma la enredadera de trinitaria púrpura que crecía frente a su ventana, adherida al muro como una maraña inextricable de sangre. Era la única planta que se salvaba, año tras año, de la llovizna de polvo. Quizá por eso era su planta de flores preferida y la podaba casi con reverencia, recordando, al podar cada racimo un poco más arriba del nudo que habría de retoñar, al caer las lluvias anheladas, el leve temblor transparente de los edemas purpúreos que habían ido apareciendo sobre los cuerpos de sus seres queridos. Todos estaban muertos, su padre, su madre, su hermano. Sólo le quedaba Juan Jacobo y lo sentía cada vez más lejos, cada vez más inalcanzable, casi como si se le estuviera muriendo, separado de ella por hileras de camillas blancas, por pasillos anegados en vahos de éter. Un movimiento de los pétalos arracimados sobre su cabeza la hizo levantar la vista. Vio al león que se balanceaba muy cerca de ella sobre el borde del muro, semioculto por el follaje de la trinitaria. Las piedras de su collar la cegaron momentáneamente, restrellados por el sol. Se quedó mirándolo como en sueños y luego le volvió la espalda, tornando a podar los racimos sangrientos.

El león se dejó caer sobre la hierba suculenta, erizada por todas partes en briznas de poliedros de cuarzo. El huerto apretaba un follaje pesado, agobiado de frutas que maduraban su carne aromosa al calor del sol por entre las brumas de polvo. Las esferas doradas del mangó, las bolsas espinadas de las guanábanas, la coralina rugosa del mamey, el melao del níspero y del anón, pululando nidos de cucarachas de ónice al centro del corazón, por todas partes el huerto goteaba un perfume espeso, lechoso y frutal. No llegaba nadie. El silencio del jardín se restañaba periódicamente, al venir a dar sobre la hierba los perdigones de agua que tiraba el surtidor. Asomando la cabeza por entre los setos de mirto y los velones de los crótones el león observaba a Marina que continuaba impasible, podando la enredadera. Entonces vio a la guacamaya que descendía del samán y se posaba en medio de la zona circular de aire, irisada por el agua del surtidor. Abrió el pico, encrespó las garras y se le enfrentó. Un solo zarpazo fue suficiente. Hozando entre las plumas dispersas luego del parco festín, el león se tendió sobre la hierba.

Cuando Marco Antonio llegó gritando que la fiera se le había escapado Marina seguía en el mismo lugar. Los racimos que había ido dejando caer a su alrededor se adensaban sobre la blancura del suelo en una senda múrice que le teñía los pies. Notó que, al acercarse al león con la calibre .45 en la mano, a su cuñado le temblaban las piernas. No tuvo que acercarse mucho para darse cuenta de que el león estaba muerto. Mi vida toda es como la veo ahora, se dijo Marina una vez más al sentir las caricias de Marco Antonio, lejana y reluciente como si estuviese recubierta por una capa de barniz, exactamente como si la estuviera soñando.

Se acostaron sobre el charco de pétalos desparramados por el polvo como si se acostaran sobre su propia sangre, se revolcaron hasta el amanecer entre las llamas crujientes de la trinitaria como entre serpentinas fulminantes del año nuevo chino, ella le enroscó al cuello las lenguas de papel de seda púrpura de los capullos para divertirlo, para demostrarle cómo era que se hacía el amor en el mundo antes de que él lo convirtiera en un paraíso de nieve de yeso, en un mar que se podía pulir de orilla a orilla en estepas de lapizlázuli. Se revolvieron sobre los racimos de espinas de trinitaria como si se deslizaran sobre pelambres de canas, se cubrieron de escamas de salamandra y de pieles de cibelina, de vahos de peces albinos y de cabezas de ángeles, derramándose la tierra sobre los cuerpos desnudos en puñados interminables de armiño, coronándose coronas de viernes santo al contemplarse mutuamente en su deseo y en su desprecio.

Esa misma noche la casa de Marco Antonio ardió misteriosamente y no fue hasta varios días después que los encontraron, enterrados debajo de los escombros del patio, amortajados por las trinitarias y sepultados debajo del polvo, crucificados de espinas, florecidos de edemas purpúreos por todo el cuerpo.

La luna ofendida

Ofendida caí hecha pedazos
en medio de la noche
Oh! hendida en mil pedazos
colándome por los ojos de los sábalos
que huyendo asustados cuando rompiste el agua
con un solo gesto de tu mano
yo pasaba tranquila por el raso de nada
golpetazo de blanco
por el camino fácil de cenefa bordada
entera y redonda subía y bajaba
por el ojo derecho de mi eclipse
yo pasaba la niña rellena de palacio
ahíta de guata
con mi vientre de percal perfectamente cosido
con mi rostro de vidrio sonreído
para siempre pasaba
inmensa mariposa de papel
voladora de papantla
en un solo pie
el fuego alto
giraba

colocando uno a uno mis colmillos de alambre
en mis encías blandas
untando cielo de sonrisa sangrada
con mi soberbia de loca
inatrapable pasaba
reflejando tu locura en mi redondo
sangre de flamboyanes orinaban tus manos
derrumbadas de hierro a la orilla del camino
corvinas azules de pólvora salvaje
por allí nadaban
alargaste la mano y me detuviste
pelota cualquiera en un juego insípido
pero yo no era la niña de falditas plisadas
ni era la madama de salones podridos
tú fuiste mordiendo mi piel por el sabor
buscando
la carne endulzada en pudridero
pero mi carne era de vidrio
te partió los labios
ahora con dientes de alambre yo te desgarro
como tú me desgarras
máquina de guerra
que dale camina estalla al ritmo de la tuya
que rompo cuando tú te rompes
mi corazón es una caja mágica
hecha de cristal dormido
blanca nieves mambrú abrazados en astillas
las banderas ondean feroces
en la noche se alaridan
pero nosotros adentro alejanos

La luna ofendida

arrasando juntos toda la soberbia
forrada de raso
forrada de espejos
azuleando cardúmenes violentos
en ráfagas de plomo que trizamos con los dedos
atrapados blancanievesmambrú desde hace tanto tiempo
muertos en la misma guerra
ofendidos caemos
en medio de la noche mi noche nuestra noche
decidí robarte este verso

El collar de camándulas

ahora los veo sentados por última vez alrededor de la mesa comiendo y bebiendo absolutamente confiados de su mano cuando llegó el postre a la mesa tu madre cogió el cuchillo de plata y cortó en partes simétricamente iguales el esponjoso ponqué espolvoreado de blanco luego con la punta del dedo tanteó la superficie dulcedorada para verificar la humedad antes de repartirlos solemnemente a su alrededor sólo yo sé la receta de este ponqué como si soplase las palabras por el extremo de un hueco en la garganta heredé la receta de mi madre se baten cien veces las yemas aparte hasta que pasen del amarillo denso al amarillo alimonado las claras se baten hasta que estén duras y puedan ser cortadas limpiamente con cuchillo hablando con movimientos pausados formando palabras lentas con la boca que nadie oye luego se añade con mucho cuidado no se vaya la mano unas gotas de leche de tamaima parra darle perfume a la masa cremosa luego se dobla todo y se coloca en un brazo rosado sobre el molde como si no estuviera allí frente a nosotros sino sentada en otra parte lejos con la cabeza ladeada eschuchando formando todo el tiempo palabras escuálidas que se le quedan pegadas a los labios como cáscaras porque se había quedado muda hace

muchos años y lo mismo hablaba así cuando estábamos nosotros que cuando no estábamos aunque viéndola sentada a la
mesa sirviendo el postre tan cotidianamente nadie lo hubiese
podido adivinar

es por acá señores pasen por favor los están esperando los
reporteros y las delegaciones todos están reunidos en el VIP
lounge usted también Armantina pase adelante por favor

muda desde el día en que tu padre pasó por el pueblo y la
dejó sentada en la esquina de la acera pasó con la guitarra al
hombro enorme cucaracha dormida dentro de su estuche de
terciopelo anaranjado la gorra de medio lado y el collar de
camándulas y de matos sobre el pecho trabajando en cualquier cosa cargando sacos sirviéndole gasolina a los carros
vendiendo periódicos por las calles pero al caer la tarde siempre se sentaba en la esquina de la plaza y levantaba con
mucho cuidado los cierres dorados del estuche apoyándolos
sobre las puntas de los dedos como si separase las bocas de un
juey dormido entonces abría la tapa y sacaba la guitarra del
fondo de peluche como quien pela una sonrisa de la encía y
ella escapándose todas las tardes de la casa para oírlo rodeada
de niños pordioseros una señora bien sentada en la acera
quién lo iba a creer todo el pueblo comentando pero era
como si hubiese perdido el juicio lo escuchaba con la cabeza
de medio lado y al principio era como si devorara de golpe
todas las hojas y todos los pájaros que pasaban veloces arriba
como si el sonido le saliera sin parar por la punta de los dedos
que va apretando rechinando por encima de la curva fría de la
tapa de aluminio como por la curva de otro cielo

el aire acondicionado me cuartea la cara hay un hormigue-
ro de gente aquí metido encaramados unos encima de otros

bebiendo las sillas de cuero las patas de aluminio de las mesas me hincan la piel no gracias yo no bebo me siento aquí tranquila en el filo de este banco a esperar tu llegada Arcadio ellos también te esperan ansiosos de sentirte seguro de verte allí metido la curva de aluminio quieta también bajo sus manos pero yo sólo deseo volver a ver tu rostro saber que eres tú que has regresado para poder ser libre para poder ser finalmente yo

fue después que tu madre empezó a enloquecer siguiéndole a todas partes pese al escándalo de los vecinos que iban todo el tiempo donde su marido como un gato entre brasas el gusto que se está dando grajeándose con el cantante de la gorra se sienta en la esquina de la calle a cualquier hora y se pone a cantar se ha vuelto loca engranándose tan fresca sin importarle para nada que la vean el descaro total usted es un hombre respetable tiene que hacer algo para acabar ese espectáculo pero a ella no le importaba y seguía yendo a escucharlo todas las tardes y entonces era como si virasen el sol al revés como una media como si caminara con él por el camino de otro mundo que se gastaba muy lejos del pueblo

qué es lo que te has creído me has salido yegua andando con ese cafre por todas partes para que te diga qué guapa estás hoy qué de vitrina estás ahora mismo te pongo de patitas en la calle tengo que pensar en mi reputación y en la de nuestra familia pero a tu madre todo le parecía pequeño y sin importancia la soledad de la casa colgada de candelabros que nunca se encendían ahora mismo me firmas estos papeles que me dan el albaceazgo de tus acciones por incapacitada mental los pisos de madera brillantes que sólo pisaban zapatos de taco preciso embutidos en medias de seda todo se queda igualito aquí no ha pasado nada y que alguien se atreva a decirlo las fruteras de cristal vacías destellando sobre las mesas pulidas pero a ella no le importaba nada dejaba que todo se fuera gastando cuando lo oía cantar

papá los reporteros quieren hablarte díganos señor según los últimos polls llevados a cabo por los distintos partidos cómo ve usted sus posibilidades políticas hoy por hoy señores yo estoy absolutamente tranquilo siempre he confiado en el sentido común de este pueblo que ha de saber por intuición quién es el mejor candidato papá ya están anunciando la llegada del vuelo PAN AMERICAN LES ANUNCIA LA LLEGADA DE SU VUELO 747 POR LA SALIDA NO. 8 tenemos que irnos acercando véngase Armantina usted también

hasta el día que salió a buscarlo y no lo encontró por ninguna parte se sentó en la esquina de la plaza a esperarlo y lo esperó allí sentada toda la tarde pero no vino nadie y al otro día regresó con el vestido sucio y estrujado los ojos untados de sombra y se sentó en la acera en el mismo sitio con el llanto atravesado en la garganta como un hueso que no se podía sacar y se abrigó las rodillas con la falda como si tuviera frío la mirada perdida como si fuera a quedarse allí sentada esperando para siempre hasta que uno de los niñitos mugrientos se le acercó él le dejó esto antes de irse le dijo y puso el collar de matos y camándulas en el suelo entonces ella cogió el collar con la mano y se levantó de la esquina y regresó a la casa y desde entonces fue una esposa ejemplar pero no volvió a hablar

un solo balazo en el pecho señores murió instantáneamente como ustedes comprenderán esto es una desgracia terrible para nosotros el día que todos rodeamos su cama tu madre se dio cuenta de que se iba a morir pero sonreía todo el tiempo dientes de tacita de porcelana y su sonrisa era redonda y nítida como una banda de oro de ley uniéndonos a todos por última vez y entonces empezó a hacer señas con el dedo el estuche de caoba Armantina tráemelo acá por favor fue sacando una a una las joyas el crucifijo de granate Antonio hijo mío el reloj de cebolla Miguel hijo mío hasta llegar donde ti Arcadio que mirabas a tu madre todo el tiempo como si quisieras comértela con tus ojos de escarabajo subiéndole y bajándole por el rostro acariciándola con tus miradas patas delicadas Arcadio hijo mío el collar de matos y camándulas póntelo quiero vértelo puesto la estrella debe colgarte siempre sobre el pecho tu mirada de insecto emboscada detrás de tus párpados tu madre se muere Arcadio mirándola como quien termina de beber un vaso de agua y retira lentamente la mano la mirada fija en el vaso vacío está muerta todos lloran Arcadio sal

y yo entonces igual que ahora sentada en una silla al final de la memoria pensando que te irías pero que algún día tendrías que regresar

después del entierro se sentaron todos a la mesa a tomar café papá Arcadio dice que se va que no le interesa para nada la herencia que cojamos su parte y nos la metamos por el culo Armantina sírvame un poco más de crema ese muchacho será siempre una bala perdida en cada familia hay su oveja negra qué se le va a hacer con ese dinero se puede lograr mucha obra buena un asilo de ancianos un colegio de niñas bien una placita en medio del pueblo con muchos bancos que lleve el nombre de mamá Armantina yo quiero más café

El collar de camándulas

Antonio Miguel pasen adelante Armantina usted también lo van a traer por el almacén de air cargo ya está todo listo los reporteros y los delegados tienen que estar presentes eso es lo malo de ser una figura pública aún en los momentos de tragedia más terrible se pierde toda la privacidad ya están bajando la caja papá mírala por allí la traen es gris plomo sin lujo pero decente para que el pueblo vea que somos gente bien pero moderados en todo

aquel día al terminar de servir la mesa regresé a mi habitación y me estabas esperando me voy Armantina me dijiste no puedo resistir ni un momento más en esta casa ahora que mamá dios qué mucho la jodieron me voy a Nueva York en cuanto encuentre trabajo te mando el pasaje pero nunca me lo mandaste no puedo soportar el recuerdo tirada en aquella cama rodeada de tanto cariño de alfeñique como si ella hubiera sido una dama de sociedad qué hostia tanta enfermera tanto cura tanta monja tanto rezo no quiero ni saber lo que harán con ese cuerpo mis hermanos diciendo hay que llamar a la funeraria para que la arreglen bonita no podemos dejar que el gentío que va a desfilar la vea así qué le meterán por dentro dios qué hostia la rellenarán de trapos y botarán todo lo sagrado habrá que alquilar el salón más amplio de la funeraria donde quepa toda la gente todos los clientes y correligionarios vendrán a verla prácticamente todo el pueblo las coronas llegarán por un tubo y siete llaves seguro que pasarán de ciento porque además en esta casa no podemos velarla nos vamos a estar acordando el resto de nuestras vidas del ataúd abierto en la sala sobre el medallón de la alfombra cuando tengamos visita y les ofrezcamos refresco de limón con pasta de guayaba pero sobre todo el olor

Miguel no creo que debamos abrir la caja hace muchos días ya aunque es caja-nevera estará descompuesto

no llores Armantina te mando el pasaje seguro tú eres mi mujer dios qué hostia el olor dulzón a carne demasiado madura en los restaurantes donde se come venado dejan que la carne se pudra para que se ablande sentado a la mesa comiendo un bocado jugoso y oliendo la pata del próximo día colgada de un clavo detrás de la puerta de la cocina Armantina dios tengo ganas de vomitar para sacármelo del alma porque ella era salvaje se escapaba todo el tiempo de la casa antes de que le quebraran el espinazo y cuando se lo quebraron ya era demasiado tarde ya ella había saltado la valla había dado sin miedo su carne al blanco

los señores reporteros desean saber quiénes somos los que estamos aquí presentes cuáles son nuestros sentimientos de familia unida en el dolor

sí señores vinimos todos a recibir a mi hijo a nuestro hermano estamos la familia completa trajimos a Armantina nuestra criada de veinte años ella nació en casa y es como si fuera de la familia aunque desgraciadamente no podrá contestar ninguna pregunta

hacía frío aquella mañana Armantina la piel se recogía sola alrededor de los huesos pero tú fuiste sin chal ni swéter los brazos desnudos los hombros poderosos empujando el aire como tambores queriéndose salir de la tela débilblanca que no podía detenerlos caminando en silencio por el medio de la calle con el pelo una gran nube de sombra adherida a tu cabeza que rechazaste tapar con ningún velo el cuello brotado de fuerza saliéndosete por el escote del vestido demasiado pequeño que habías cogido prestado para la ocasión

El collar de camándulas

Antonio papá párense aquí cerca de la caja Armantina usted un poco más atrás gracias nos quieren tomar un retrato para la prensa no se puede uno achantar hay que darle la cara a la sociedad las tragedias golpean a todas las familias por igual y después de todo la muerte no es ningún escándalo

yo iba a tu lado Arcadio caminando por el medio de la calle y me parecía por primera vez que la calle era mía tanto tiempo sin atreverme a salir con miedo a que me apuntaran con el dedo mírenla ahí va qué fuerza de cara casarse con la sirvienta de la casa qué falta de respeto a esos pobres padres deshonrada toda la familia y tú con el collar de matos y camándulas sobre el pecho la guitarra cucaracha dormida debajo del brazo la gorra de medio lado y era ese medio lado lo que más le molestaba a la gente estrujándoles el medio lado por toda la cara como un descaro porque te veían lleván-dome del brazo

papá los reporteros quieren hacerte algunas preguntas quieren saber cómo fue que lo mataron el informe de prensa asociada dice que Arcadio estaba asaltando un colmado de mala muerte en el Barrio cuando lo cogió la redada claro en el Barrio hay redadas todo el tiempo pero quince dólares era todo lo que había en la caja un muchacho de buena familia y posición desahogada además quieren saber cómo tú opinas que este escándalo va a afectar tu carrera política en el futuro tus posibilidades de ganar las elecciones

mi hijo no estaba robando nada a él nunca le faltó su buena renta cada principio de mes nuestra oficina se la pasaba sin falta aunque él no trabajaba en ningún empleo serio nosotros mismos no sabemos qué fue lo que pasó exactamente supon-go que estaría cerca del lugar cuando apareció la policía haciéndole una redada a una ganga que asaltaba el colmado el destino quiso que él pasara en ese momento por allí que lo accidentara una bala de ricochet era mi hijo menor el benjamín de la casa yo por supuesto estoy abrumado por la tragedia pero no veo en absoluto lo que esto tenga que ver con mi carrera política en estos momentos me siento consolado sé que mi pueblo comparte nuestra pena y se siente ahora más motivado que nunca a darme su apoyo solidario en las urnas después de todo las penas unen a los pueblos con sus dirigentes

estuviste por allá seis meses y yo mandándote mi sueldo a escondidas para que no te murieras de hambre y tú te creías que cantando te ibas a poder ganar la vida después supe que habías trabajado sí habías empaquetado bolsas de compra en los supermercados habías repartido periódicos habías lavado platos pero fue para esos días en que te estabas enderezando que tu padre se retiró del banco empezó a tener mucho éxito en la campaña política tenía mucho arrastre con el pueblo salía retratado en los periódicos todos los días tus hermanos también toda la familia eufórica ante la expectativa del éxito hasta el día que se recibió el telegrama que crepitó de mano en mano alrededor de la mesa como si les quemara los dedos NO TE ATREVAS EL DINERO Y EL PODER SON DEMASIADOS LOS BOLOS entonces empezaron sin parar las llamadas de larga distancia a Nueva York

ahora todos se acercan a la caja arrastrando los pies y yo también me acerco apretando los puños extendiendo una mano que adelgazo sobre la curva fría del aluminio entonces muequeando boqueando tascando la serreta que me parte los labios tratando de romper la boca muda las pesquisas se sucedían unas a otras sin resultado carajo detectives inútiles en este mundo uno tiene que hacerlo todo siempre chequeando y doblechequeando le sacan a uno la tira del pellejo y los demás sin dar un tajo no han podido averiguar nada papá es como si se lo hubiera tragado la tierra no aparece por ninguna parte hasta que sólo les quedé yo como alternativa entraron en mi habitación de noche me hicieron levantar de la cama con las manos protegiéndome el vientre qué van a hacer crispadas de terror sobre la cabeza de tu hijo indefenso vamos a ver ahora puta zarapastrosa quién te manda andar grajeándote por la calle recogiendo encargos tú eres la única que sabes dónde Arcadio se ha metido defecación de ciruelas vas a tener en vez de parto pulpa de ciruelas hervidas como no hables agárrale los brazos Antonio pateando con los pies descalzos yo les he sido siempre fiel confié siempre en usted uno dios no por favor dos ampárame virgen de la providencia tres dónde está Arcadio cuatro mira lo que te están haciendo cinco en el vientre no por favor seis por misericordia siete no quiere cejar Miguel ahora mismo nos escribes la dirección en este papel ocho no acabaremos contigo hasta que nos ayudes a encontrarlo nueve Miguel déjala ya lo dijo ha perdido el conocimiento diez

al otro día me levanté como si no hubiera pasado nada y les serví el desayuno entonces me acerco a la caja y pongo una mano sobre la curva de aluminio levanto la cabeza y me quedo mirándolos les hablo raspando el aire con el torniquete de mi voz

dice que quiere el collar papá está ahí dentro Arcadio no se lo quitaba nunca comprenda Armantina no se puede abrir la caja hace varios días que está muerto sería un espectáculo muy desagradable la sanidad no lo permite está prohibido por ley es mejor que lo recuerde como era la limosina ya está a la puerta esperándonos véngase ya

pero yo sigo torciendo los labios arrojándoles ruidos a la cara como si fueran piedras y pongo ahora las dos manos sobre la curva de aluminio a ver si me pueden a la fuerza me tendrán que arrastrar

vamos a tener que dejarla Miguel es capaz de formar un escándalo se está poniendo violenta no podemos corrernos el riesgo después de lo que pasó a quién se le ocurrió traerla con nosotros me cago en su madre debieron lavarle el cerebro antes con hexaclorofenol retírense todos por favor esto va a ser tremendo sobre todo el olor los reporteros y las delegaciones por favor retírense he dicho que todos afuera por favor todos afuera esto es un asunto estrictamente familiar ahora mismo les digo lárguense está bien Armantina podrá verlo tranquilízate papá es retardada mental todo el mundo lo sabe no se dará cuenta de nada sobre todo el olor

levantando la tapa poco a poco como quien separa las palancas del sueño mirándote por última vez empujando mis ojos por los huecos de tu cara balaceada acariciándote la frente deshecha alargo mi mano y recojo el collar que está sobre tu pecho

y si se da cuenta nadie le va a hacer caso

mientras miro una vez más tu rostro tranquilo en el fondo de la caja los veo a ellos que se sientan por última vez alrededor de la mesa hay que ver lo confiados que comen y beben de mi mano acerco la bandeja a la mesa qué bueno que ya está tranquila Armantina tanto que la queremos ya veo que hoy tenemos de postre el ponqué espolvoreado de blanco la receta de mamá Armantina usted es una maravilla como si fuera de la familia va a quedarse con nosotros para siempre me miran contentos porque ahora sólo yo sé la receta se baten cien veces las yemas cien veces las claras aparte hasta que se puedan cortar limpiamente con cuchillo luego una porción generosa de leche de tamaima ahora corto los pedazos simétricamente iguales y los reparto alrededor todos los hincan con la punta del tenedor se los llevan a la boca ahora es el paladar desgajando pieles de murciélago el traqueteo de los cubiertos que estallan al caer sobre los platos el tratar de levantarse de las sillas pero es inútil mientras yo sigo mirando tu cuerpo asesinado ahora es el agarrarse la garganta con las dos manos llaga calcárea que tosen y tratan desesperadamente de arrancar pero no pueden la arena dulcedorada colándoseles por las venas hasta el fondo la esquina se baña de rojo porque se acaba la tarde mientras te desengancho fríamente del alma sentada sobre la acera viendo cómo los cuerpos se van hacia adelante cómo las cabezas ruedan dentro de los platos me levanto por fin de la esquina donde he estado sentada tanto tiempo y me voy caminando por el medio de la calle haciendo mío el camino que se abre al frente porque ahora estoy segura de que no vas a regresar ahora puedo irme tranquila cantando caminando gastando el camino del otro mundo que se pierda allá lejos el collar que tú me regalaste la estrella de matos y camándulas abierta por fin sobre mi pecho

El infiltrado

estate tranquilo entre nosotros
sentados en la yerba que se mueve como un mar
estate tranquilo porque ya llegamos
a la ciudad sitiada
que se desvanece ante los sitiadores como un espejismo
ha pasado tanto tiempo
las fuerzas les flaquean y han llegado a dudar
las calles de berilio y malaquita
las coronas de granizo africano sobre terciopelo negro
entre la cuarenta y dos y la quinta
las vitrinas de mujeres muertas
jugando tennis bailando viajando dentro de las vitrinas
vestidas con los encajes que supuraron por las puntas de los
    dedos
los niños de persia
han llegado a dudar que la ciudad exista
por eso te estamos enviando a ti
estate tranquilo nos sabemos de memoria la estrategia
sólo nosotros sabemos hacer girar la estrella
ahora mismo está quieta

El infiltrado

parece una rueda de bicicleta abandonada en un parque
sólo nosotros sabemos
ya te cosimos el poncho y te tejimos las medias
te pusimos el escarabajo en el pecho para que te proteja
te pusimos la moneda en la mano
para que tú mismo te la pongas en la lengua

ahora vemos las murallas y los torreones
nos acercamos para que desembarques
sostenemos el viento para que desembarques
temiendo que el viento te tumbe
pero tú doblas el viento gancho de alambre alrededor
    de tu brazo
y te vas caminando como siempre
yéndote de nosotros que nos vamos
esperando
te vas botando abisintio por los ojos aguarraseados
bebiendo leche de tamaima todo el tiempo
dándole vueltas a las murallas
arrastrando tu pelo largo de indiferencia por el polvo
mientras las lanzas traspasan tu sombra en el asfalto
derramando bocanadas de camándulas
alrededor de las murallas
mientras oyes a los perros que aúllan por tu carne
ahora te acercas al río porque estás cansado
de buscar la entrada
tu cabeza se desdobla de algodones
se te cae constantemente al agua
devorando espuma vieja

con hojas pegadas a los ojos y labios de yeso
saliéndote dormido por el río que se entra
a la ciudad indomada

entonces levantarás en alto tu adarga alcantarilla
tu espada de teca y heroína
y saldrás fuera
comenzarás tu peregrinaje por los voltios
cruzando calles y levantando puentes
mirando por las ventanas sucias
para conocer todas las costumbres
a qué hora trabajan a qué hora comen a qué hora duermen
toninos sobre su propio semen
subiendo y bajando todos los rascacielos
todos los guided missiles
todas las guaguas
subiendo y bajando el cajón del limpiabotas
porque aunque tú quisieras y él quisiera
no tienes botas
seguirás caminando mucho tiempo
como una rabia larga de teléfono que suena sin que nadie
    conteste
hasta que se te caigan los ojos de semáforo
prendiendo rojoamarilloverde y apagando
por la sutura del párpado
y el dolor del absoluto conocimiento te golpee
te entre por la nuca y te salga por la lengua
te obligue a detenerte
a descender por fin de tu propio vientre
para abrirnos las puertas

El infiltrado

entonces entraremos juntos a la ciudad girando nuestra
    estrella
incendiaremos la ciudad
poseeremos la ciudad
ocuparemos la ciudad
arrasaremos piedra a piedra la ciudad
hasta que desaparezca y exista

El sueño y su eco

¿Qué soñáste? Cuéntame tu sueño.

Mi madre aparece reflejada en el espejo, sobre la superficie del rectángulo. La luz atraviesa parejamente mi sueño y su mirada me hace concordar discordias. De un tiempo acá me conformo con la superficie lisa y llana, absolutamente predecible de las cosas. He descubierto que es la única manera de dispensar el miedo, de hacerme a un lado para dejarlo pasar.

Soñaste algo aterrador. Puedo verlo en tus ojos.

Me miro en el espejo y me veo caminando de mano de mi madre. Afuera está lloviendo a cántaros, exactamente igual al día en que el relámpago hendió en dos la palma real frente a la ventana de mi cuarto y vi el cuerpo increíblemente blanco de Doña Ana de Lanrós, nuestra primera Carmelita Descalza, incrustado en su centro.

Mamá me lleva afuera y me quedo sin respiración frente al chorro de agua que baja vertiginoso del techo, lo vomita el caño de hojalata por la esquina de la casa, es lo mejor para el pelo antes de recortarlo, lo deja sedoso y nuevo, como acabado de sacar de la caja de González Padín, dice Mamá. Me seca entonces la cabeza con una toalla antes de coger de la mesa las largas tijeras de acero toledano, metiéndo el índice y el pulgar por sus ojales. Las domina desde la altura de su hombro, desde la curva carnosa del antebrazo; las mueve lentamente sobre mi nuca, como dos puñales de plata fría, y empieza delicadamente a recortarme.

Te veo pensativa. ¿Qué soñaste?

Mamá aparece reflejada en el espejo, sobre la superficie del rectángulo. Miro su reflejo en el espejo de mi cuarto y su imagen me asalta como un celaje. Está de pié, parada detrás de mí, recortándome el pelo; pero también está junto a mí en el cementerio. Puedo oler claramente los bancos carcomidos, los lirios deshechos, los manteles manchados de esperma de la capilla de la tumba de mi tío, a la que acudimos todas las tardes a rezar. He pasado la mirada tantas veces por encima de la lápida, por sobre los manteles descosidos, sobre los bancos podridos de humedad, que siento que acabarán por gastarse a fuerza de deslizarles por encima los párpados. De rato en rato me invaden unas ganas incontenibles de levantarme de donde estoy sentada, de hundir las manos en el espejo que nos refleja a ambas para tocarle a Mamá los ojos, para ver si tengo que cerrar los míos.

¿En qué estás pensando Niña? Cuéntame.

El reflejo de sus ojos me ciega al contemplarla en el espejo. Punto de fuga: soñar con los ojos abiertos, puesto ya el pie en el estribo. Pronto tocarán al ángelus, sonará la campanilla del refectorio y mamá yo descenderemos de este escaparate que flota sobre el altar como un tiovivo antiguo. Nos alejaremos entonces de allí, girando sobre idénticos tambores rojos, los pedales niquelados haciéndonos adelantar y retroceder con facilidad. Vestidas de negro el viento embozará nuestras faldas alrededor de nuestras piernas al cabalgar hombro con hombro y perfil con perfil; hará crujir nuestras faldas veloces; nos abofeteará con tiras negras, con rachas, ráfagas. Nos veo a las dos, gualtrapeantes caballeras talares atravezando los montes, galgolpeando difícil y siempre de sesgo, descorriéndo los misterios gozosos y los dolorosos, o anulándolo todo sobre el anular.

Estás pálida, Hija. Dime qué te pasa.

Caminamos juntas por entre los panteones del cementerio, por entre ángeles aburados de yeso viejo, grisáceos y chorreados de limo negro por la espalda, por entre rosas de hierro forjado, coronas de espinas, cadenas, clavos. Un bullir de agujas de pino, un perfume a geranios quebrados que derraman sangre seca invade mi olfato. Saltamos de tumba en tumba sobre las verjas de hierro. Son bajas, hileras de lanzas negras interrumpidas aquí y allá por jarrones de alabastro repletos de asucenas hediondas a santidad y a pudridero. Bajamos corriendo las escalinatas del panteón que hemos visitado muchas veces en sueños. Cuatro columnas de granito negro, una lápida con aldaba de bronce, coronas de flores que arrastran una caligrafía escarchada en cintas que se desgranan por el suelo. El eco de nuestros pasos se oye lejos, mullido por las agujas de pino. Vamos bajando lentamente, cada vez más lentamente, hasta llegar a la puerta cancel. Mamá se me ha adelantado y me aguarda sentada junto a la boca de la cripta. Los pliegues de su falda negra se acumulan a sus pies en un embalse sombrío. Está inmóbil junto a la lápida. Me mira. Me mira como yo te miro.

¿Seré yo, Hija? ¿Estás absolutamente segura de que no eres tú?

Carta

me detengo en la esquina de la avenida a leer tu carta que se
me desintegra entre los dedos hace tanto calor regresar allá es
imposible dices somos una isla poblada de muñecos vapori-
zada por el vaho de los carburadores me detengo en la esquina de la avenida volcando mi dolor como un pote de violeta
de genciana manchándolo todo la boca morada de genciana
tiene olor a caimito podrido cuando ya la cabeza se pudre en
el tronco se nos pega la lengua al paladar imposible regresar
dices somos un país de muñecos ¿quiénes son nuestros héro-
es? pasan por la avenida clamorosa el prisionero liberado de
vietnam del norte muñeco de trapo el cardenal rolipoli ten-
tenpié de goma rodando undosundos de norte a sur muñeco
de viento la barbiemar-y-sol casada con el butch-big-jim
muñecos de plástico no voy a regresar jamás me dijo me dices
pinocho al país de los muñecos fabricados por la fisher price
inc.

los muñecos más terribles son los ejecutivos dices esos
nunca los podrás destruir la leche de caimito es pegajosa
como el semen inútil derramado en la esquina cuando ves
una mujer hermosa pasar rápidamente por la calle tienen

cabeza de oficina pecho de mesa patas de aluminio asiento de cromio con cojines de cuero rojo con cojones de vaca roja para mullir la cabeza ejecutiva ¿ejecutada? no sé por qué he venido a leer tu carta aquí frente al banco popular center el corazón palpitante de la ciudad rodeada blindada cegada por los muñecos ejecutivos soldados de stainless steel ¿acero inmarcesible? de platino puro los muñecos ejecutivos eternamente vestidos de gris que salen ahora de sus oficinas porque son las cinco de la tarde

vestida con una pancarta de peces amarillos me dejé caer en medio del océano los peces se me pegan silenciosos me ondulan por todo el cuerpo se me escurren por debajo de los sobacos se me meten entre las piernas los peces dorados me hacen reír porque tú le temes a los muñecos ejecutivos pero yo no ellos tienen grandes peceras de cristal en sus oficinas los veo clarito desde aquí están de pie en la orilla de la playa me miran meten una y otra vez las manos en las peceras tratan de agarrar los peces dorados pero las largas aletas de humo se les esfuman entre los dedos con un solo movimiento de sus colas y yo me río y los miro me voy metiendo en el agua desrizando pequeñas crestas con mis piernas macizas troncos de caoba que brillan ahora el agua me llega a la cintura y los miro que baten desesperados el agua de las peceras tratando de coger los peces pulpos que botan humo se les manchan las manos de violeta de genciana coño esa mancha no sale

he cruzado a la mitad de la avenida con tu carta desintegrada entre los dedos los carros escuelas de peces metálicos relampagueando a mi alrededor somos un país de muñecos dices no tenemos salvación muñecos hinchados de helio rebotando redonditos rosaditos rechonchitos eternos el don pablo el cardenal el alcalde el maributch agitando dumbos grandes orejas grises volando serenitos sobre las antenas de los carros ahora siento que mi vulva se deshace debajo del agua me mancha todo el vientre de púrpura me adentro en la corriente de peces de lata aprieto mi sexo de múrice con mis piernas macizas para exprimir el tinte cada vez más puro que me mancha ahora todo el cuerpo veo desde aquí a los muñecos ejecutivos que ejecutan un pas de quatre sobre la arena de la orilla me hacen señas para que regrese gritan palabras procaces blandiendo inmensos falos de cristal

ahora ves cómo el don pablo el alcalde el soldado el barbibutch prueban las olas con la punta de la lengua se les quedan pegadas las mandíbulas la leche de caimito es así traicionera beben a través de los dientes atrancados comienzan a seguirme no les queda otro remedio que seguirme van entrando en el agua violeta los cuerpos se les van disolviendo derritiendo licuando en un líquido amarillento y aceitoso que mi piel absorbe ávidamente ahora el agua les llega a la cintura ya no existen de la cintura para abajo el don pablo el alcalde el maributch flotando rebotando alegremente sobre redondas cinturas cercenadas los muñecos ejecutivos se resisten todavía las bisagras destellan platino puro en sus coyunturas siguen detenidos en la orilla de la playa gesticulando desesperados porque se le han escapado sus cupi dolls sus costosos angelotes publicitarios que tanto capital invertido les costara para crear LA IMAGEN que vendiera el dial soap el spalding ball la guerra heroica el apoteósico festival colonial

pero ahora también los muñecos ejecutivos sienten un cosquilleo peligroso en las verijasíjaresingles son los peces dorados que se les han acercado de nuevo y ahora no pueden resistir la tentación los agarran por la cola los sacan del agua pero los peces se les quedan quietos sobre la palma de la mano empiezan a perder el color se mustian rápidamente lánguidos derramando aletas se encogen se arrugan les chorrean los dedos y yo me río a carcajadas y estiro los brazos poderosos delante de mí y me empujo con los pies en la arena y empiezo a nadar a mar abierto los muñecos ejecutivos se acercan al borde del agua con las manos llenas de peces muertos se mojan sin darse cuenta las puntas de los zapatos italianos saltan para atrás porque los zapatos cuestan ciento cincuenta dólares el par y el agua de sal hace que el cuero se encrespe y se ponga duro pero me siguen con la vista yo me detengo en medio del chorro de chatarra azulrojoamarillo y les hago señas para que me sigan para que no tengan miedo es tan natural es un alivio derretirse cuando hace tanto calor dejar que la carne se convierta en algo útil (como nitroglicerina por ejemplo) ahora bajan la vista y vuelven a mirarse las puntas de los zapatos pespunteados a mano después se miran los pantalones de gabardina con la línea inmaculadamente planchada la corbata de cardin la camisa de popelina con las iniciales diminutas bordadas en rojo sobre el corazón vuelven a mirarme por última vez tiran al agua los peces hediondos se sientan en las butacas de cuero rojo dejan caer hacia atrás las cabezas ahora ya sí ejecutadas sobre los almohadones y se masturban mientras van adentrando las piernas grises en el agua violenta gehenciana

de pie en medio de la avenida hace tanto calor mi cuerpo inmóvil absorbe el líquido aceitoso amarillento que viene colándoseme poco a poco por los ojos de las ventanas ribeteando las espaldas de las aceras tatuando el enrejillado de las alcantarillas es el éster nítrico que por fin va tiñendo de azufre los biseles de cromo de los autobuses las caras gastadas de los transeúntes el perfil de los edificios ovillados en mi vientre los miles de hilos que estrallarán uno solo en la silueta de la ciudadincendio

La bailarina

tú bailas la ira cantando
una ira larga y roja como tu corazón
ira corazón bandera que deshilacha el viento
que te envuelves bailando
cuando naciste fajaron tu vientre
te envolvieron cuando todavía estabas húmeda
te colocaron en la cuna
tu madre te cogió entre sus brazos y te dio de mamar
leche de tamarindo y de retama
te crecieron los miembros largos como ramas
que trenzabas en las noches de viento
te envolvías en la ira bailando
y el baile era espléndido
bailabas el aire frío
alrededor de las estrellas
bailabas los bordes anaranjados de las campanas
que se abrían cuando tú eras niña sobre la superficie del sol

entonces alguien dijo: una señora bien educada no baila
te clavaron gemelos a los ojos y tacos en los pies
te colgaron carteras de los brazos y guantes en las manos

La bailarina

te sentaron en palco rojo para que vieses mejor
te sirvieron un banquete de cubierto de plata
y te dieron a almorzar tu propio corazón
estuviste mucho tiempo sentada
el remolino de tus pies debajo de la mesa
el remolino de tus manos sobre el mantel de encaje
reposando
masticando tu corazón
dándole vueltas con la lengua tratando de tragar
otros iban a bailar mientras tu almorzabas
a las cinco el lechero bailaba
a las seis el basurero con guantes
a las siete el barrendero bailaba
a mediodía salió tu hermana
bailando sus zapatillas dagas
a las seis la trajeron en ambulancia
abrieron la puerta y la cabeza rodó fuera

te levantaste gritando no puedo
vomitando carteras tacos joyas guantes
arrastrando tu ira por todas las calles
gritando aunque me duela y el niño llore yo bailo
por las grúas giratorias y los ventiladores del techo
por las varillas torcidas y las planchas oxidadas de mi
    astillero de sueños
yo bailo
marcando los bordes de la locura con puntos rojos
adentro los pies sangrando
bailo zapateros y piragüeros en huelga
bailo camiones amarillos que hacen temblar la tierra

bailo el letrero que dice no estacione
no vire a la izquierda
no vire en u
pare
llorando aceras cansadas por el agua de las cunetas
girando tristana sobre una sola pierna
haciendo fuetés por los pasillos con tu muslo ñoco
con tus pantallas de coral y tu boca pintada
con los pechos a borbotones aunque el niño llore
    isadora no puedo
dejar de bailar
aunque a nadie le interese cuando voy y cuando vengo
aunque kafka me diga la vida nada quiere de ti
te toma cuando vienes y te deja cuando vas
entonces alguien abre la ventana y lanza los brazos fuera
y tú entras
girando tus zapatillas dagas por el banquete
rebanando mandíbulas y tallos de copas
torciendo tu ira bandera roja cara de loca
por entre los ojos huecos
bailas tu corazón sobre la mesa

La bella durmiente

Septiembre 28 de 1972

Estimado Don Felisberto:

Se sorprenderá al recibir mi carta. Aunque no lo conozco personalmente lo único decente que puedo hacer al ver lo que le está sucediendo es prevenirlo. A la verdad parece que su señora no aprecia lo que usted vale, un hombre bueno y guapo, y para colmo, inmensamente rico. Es para hacer feliz a la más exigente.

Desde hace algunas semanas la veo pasar todos los días a la misma hora por enfrente de la vitrina del beauty parlor donde trabajo, entrar a uno de los ascensores de servicio y subir al hotel. Usted no podrá adivinar quién soy ni dónde trabajo porque esta ciudad está llena de hoteles con beauty parlors en el piso bajo. Lleva unas gafas de sol puestas y se cubre la cabeza con un pañuelo estilo campesino, pero aún así la he podido reconocer fácilmente por los retratos de ella que han salido en la prensa. Es que yo siempre la he admirado porque me parece divino eso de ser bailarina y a la vez señora de un magnate financiero. He dicho "he admirado" porque ahora no estoy tan segura de seguirla admirando. Eso de

149

subir en ascensores de servicio a habitaciones de hotel me parece muy feo. Si usted todavía la quiere, le aconsejo que haga algo por averiguar qué es lo que se trae entre manos. No creo que ella se atreva a hacer algo así, tan descaradamente. Seguro se está corriendo el riesgo de manchar su reputación sin necesidad. Usted sabe que la reputación de la mujer es como el cristal, de nada se empaña. A una no le es suficiente ser decente, tiene ante todo que aparentarlo.

Quedo, sinceramente,

su amiga y admiradora

Dobla la carta, la mete en el sobre, escribe la dirección con el mismo lápiz con que escribió la carta, usando con dificultad la mano izquierda. Se levanta del piso, estira todo el cuerpo parándose sobre las puntas de las zapatillas. El jersey negro del leotardo se estira y se le transparenta la forma de los pechos y de los muslos. Camina hasta la barra y comienza enérgicamente los ejercicios del día.

Octubre 5 de 1972

Estimado Don Felisberto:

Si recibió mi carta anterior no lo puedo saber, pero si así fue parece que no la tomó en serio, pues su señora ha seguido viniendo al hotel todos los días a la misma hora. ¿Qué pasa, no la quiere? ¿Para qué se casó con ella entonces? Siendo usted su marido, su deber es acompañarla y protegerla, hacerla sentir colmada en la vida, de modo que ella no tenga necesidad de buscar otros hombres. A usted por lo visto lo mismo le da, y ella anda por ahí como una perra realenga. La última vez que vino la seguí hasta verla entrar a la habitación. Ahora voy a cumplir con mi deber y voy a darle el número, (7B), y el nombre del hotel, Hotel Alisios. Ella está allí todos los días de 4:00 a 5:30 de la tarde. Cuando reciba ésta ya no podrá encontrarme. No se moleste en investigar, hoy mismo presenté mi renuncia en el trabajo y no voy a regresar jamás.

Quedo, sinceramente,

su amiga y admiradora

Dobla la carta, la mete en el sobre, escribe la dirección y la pone encima del piano. Coge una tiza y va pintando de blanco con mucho cuidado las puntas de las zapatillas. Luego se para frente al espejo, empuña la barra con la mano izquierda y comienza los ejercicios del día.

I

COPPELIA

(Reseña Social, Periódico *Mundo Nuevo,* 6 abril de 1971)

El ballet Coppelia, del famoso compositor francés Leo Delibes, fue maravillosamente representado el domingo pasado por nuestro cuerpo de ballet Anna Pavlova. Para todos los Beautiful People presentes esa noche en el teatro (y verdaderamente eran demasiados crème de la crème para mencionarlos a todos), que les gusta la buena calidad en el arte, la soirée fue prueba de que la vida cultural de los BP's está alcanzando altas proporciones. (Aún pagando a $100.00 el boleto no había un asiento vacío en toda la platea). El ballet, cuyo papel principal fue ejecutado admirablemente por nuestra querida María de los Angeles Fernández, hija de nuestro honorable alcalde Don Fabiano Fernández, fue celebrado en beneficio de las muchas causas caritativas de CARE. Elizabeth, esposa de Don Fabiano, lucía una exquisita creación de Fernando Pena, en amarillo sol, toda cubierta de pequeñas plumas, la cual hacía un bello contraste con su pelo oscuro. Allí pudimos ver a Robert Martínez y a Mary (acabados de llegar de esquiar en Suiza), a George Ramírez y su Martha (Martha también en un bello original de Pena, me encanta su nuevo aspecto, y esas plumas de aigrette gris perla!) entusiasmados con las bellas decoraciones del teatro y los lindos corsages donados por Jardines Versalles, a Jorge Rubinstein y su Chiqui (ustedes me creerían si les dijera que su hijo duerme actualmente en una cama hecha de un verdadero carro de carreras? Esta es una de las muchas cosas interesantes en la bella mansión de los Rubinstein), al elegante Johnny Paris y su Florence, vestida de plumas de quetzal jade en un original de Mojena inspirado en el huipil azteca (para este espectáculo los BP's parece que se pusieron de acuerdo y todo fue plumas, plumas, plumas!). Y como artista invitado, la "grande surprise" de la noche, nada menos que Liza Minelli, quien se enamoró de un prendedor de brillantes en forma de signo de interrogación que le vio a Elizabeth, y como no pudo resistirlo se mandó a hacer uno idéntico, el cual luce todas las noches en su show, aunque no sobre su pecho sino colgado de una oreja como pendiente.

Pero regresemos al ballet Coppelia.

Swanhilda es la joven aldeana, hija del burgomaestre, y está enamorada de Frantz. Frantz, sin embargo, parece no hacerle caso, y todos los días sale a la plaza del pueblo a pasearle la calle a una muchacha que lee, sentada en un balcón. Swanhilda se siente devorada por los celos, y entra una noche en casa del Doctor Coppelius cuando éste no está. Descubre que Coppelia es una muñeca de porcelana. Pone entonces malignamente el cuerpo de Coppelia sobre una mesa. Coge un pequeño martillo de clavar coyunturas y va martillando uno por uno todos sus miembros hasta dejar sobre la mesa un montón de polvo que emana en la oscuridad un extraño resplandor. Se pone el vestido de Coppelia y se esconde en la caja de la muñeca, rigorizando los brazos y mirando fijamente al frente. El momento cumbre del ballet fue el genial vals de esta muñeca. Poco a poco María de los Angeles fue doblando los brazos, girando los codos como si tuviese tornillos en las coyunturas. Luego las piernas envaradas subían y bajaban deteniéndose un segundo antes del próximo movimiento, acelerando sus gestos hasta llegar al desquicio de todas sus bisagras. Comenzó a girar vertiginosamente por la habitación, decapitando muñecos, reventando relojes, haciendo todo el tiempo un ruido espantoso con la boca, talmente como si en la espalda se le hubiese reventado un resorte poniéndola fuera de control. Tanto el bailarín que ejecutaba el papel del Doctor Coppelius, como el que ejecutaba el papel de Frantz, se pusieron de pie y se quedaron mirando a Coppelia con la boca abierta. Al parecer aquello era improvisación de María de los Angeles, y no estaba para nada de acuerdo con su papel. Finalmente hizo un jeté monumental, que dejó sin respiración a los espectadores, salvando la distancia del foso de la orquesta para caer en la avenida central de la platea, y seguir bailando por la alfombra roja hasta llegar al final, donde luego de hacer una última pirueta, abrió las puertas de par en par y desapareció como un asterisco calle abajo.

Nos pareció genial esta nueva interpretación del ballet "Coppelia," a pesar de la reacción de desconcierto del resto de la troupe.

El aplauso de los BP's fue merecidamente apoteósico.

bajando las escaleras relampagueando los pies casi sin tocar el piso los pies de felpa rozando el piso sin peso una losa amarilla y una gris en punta de diamante saltando de gris en gris se llamaba Carmen Merengue papá la quiso de veras saltando de raya en raya las losas de cemento resquebrajado relampagueando los pies bailar es lo que más me gusta en la vida sólo bailar cuando fue amante de papá era más o menos de mi edad la recuerdo muy bien Carmen Merengue la volatinera volando de un trapecio a otro bailando la navaja voladora la navaja volvedora el boomerang la cometa china el meteoro el pelo rojo estallándole alrededor de la cabeza impulsándola como un bólido por el abismo colgando por los dientes al final de una cuerda de plata girando vertiginosamente hasta desaparecer bailando como si nada le importara si vivía o moría sólo bailar clavada por los reflectores al techo de la carpa como una avispa brillante retorciéndose en la distancia ajena a los huecos de las bocas abiertas a sus pies a los ojos como bulbos sembrados a sus pies a la respiración sofocada de los espectadores removiendo culos hormigueros sobre las sillas porque aquello no debía ser aquello no podía ser permitido por las autoridades nadie podía desafiar la muerte con aquella soberbia la vida hay que vivirla como todo el mundo caminando por el suelo empujando paso a paso una bola de temor con las puntas de los pies pero Carmen Merengue no escuchaba ella bailaba sin malla sólo le importaba bailar cuando se acababa la feria le gustaba ir por todos los bares de la ciudad colgando la cuerda de bar en bar los señores ricos bailando a su alrededor le ponían un dedo en la cabeza y Carmen Merengue daba la vuelta yo iba para Ponce pasé por Humacao los señores caderones moviéndose decían que estaba loca todos se aprovechaban de el jarro está pichao el pie derecho completamente horizontal poniendo un pie frente a otro pie el cuerpo tenso tendido en un arco el brazo hacia arriba tratando de alcanzar los segundos que se me escapan siempre más allá de las puntas de los dedos concentrando toda la tensión la punta de seda que sostiene mi

9 de abril de 1971
Colegio del Sagrado Corazón

Estimado Don Fabiano:

Le escribo estas líneas a nombre de nuestra comunidad de religiosas del Sagrado Corazón de Jesús. Nuestra conciencia y gran amor a su hija, alumna modelo de esta academia desde kindergarten, nos obliga hoy a escribirle. No podemos pasar por alto la ayuda generosa que le ha brindado siempre a nuestra institución, y su preocupación por nuestras facilidades higiénicas, haciendo posible la instalación reciente de un tanque de agua caliente que suple tanto el internado como las celdas de clausura.

Por las fotos de la crónica social que salió en la prensa de esta semana, nos hemos enterado del desgraciado espectáculo de su hija bailando en un teatro vestida con un vestido impúdico. Estamos conscientes de que en el mundo del vaudeville estos espectáculos no tienen nada de particular. Pero, señor Fernández, ¿está usted dispuesto a que su única hija ingrese a ese mundo lleno de peligros para el alma y para el cuerpo? ¿De qué le valdrá ganar el mundo si pierde su alma? Además, tanta pierna al aire, tanto movimiento lascivo, el escote de la espalda hasta la cintura y la entrepierna abierta, Sagrado Corazón de Jesús, ¿a dónde vamos a llegar? No puedo negarle que en su hija habíamos cifrado nuestras esperanzas de que algún día recibiera el premio más alto de nuestro colegio, el Primer Medallón. Quizás no esté enterado de lo que este premio significa. Es un relicario de oro rodeado de pequeños rayos. En su interior lleva pintado el rostro de nuestro Divino Esposo, cubierto por un viril. En la tapa opuesta están inscritos los nombres de todas las alumnas que han recibido el Primer Medallón. Muchas han sentido la llamada de la vocación, de hecho la mayor parte ha ingresado a nuestro claustro. Puede ahora suponer nuestra desolación al abrir el diario y encontrarnos con las fotos de María de los Angeles en primera plana.

Ya el daño está hecho y la reputación de su hija no será

jamás la misma. Pero al menos podría prohibirle que siguiera por ese camino. Sólo así podremos consentir en excusar su comportamiento reciente, y permitir que siga asistiendo a nuestra Academia. Le rogamos perdone esta tristísima carta, que hubiésemos deseado no haber escrito jamás.

Suya cordialmente en N. S. J.

Reverenda Madre Martínez

relampagueando los pies casi sin tocar el piso el pavimento agrietado por el sol saltando de losa en losa para no pisar las cruces porque da mala suerte Felisberto es mi novio dice que se quiere casar conmigo Carmen Merengue no se casaría diría que no con la cabeza moviendo de lado a lado la cara de yeso enmarcada de rizos postizos dejó que la feria se fuera sin ella se quedó en el cuartito que papá le había alquilado él no quería que ella siguiera siendo volatinera quería que fuese una señora le prohibió que visitara los bares trató de enseñarla a ser señora pero ella se encerraba practicaba todo el tiempo ciega a todo lo sórdido que la rodeaba el catre desvencijado la palangana descascarada colocando una zapatilla frente a otra levantando un poco una pierna y después la otra dibujando círculos en el aire como si tocara la superficie de un estanque con la punta del pie pero un día la feria volvió a pasar por el pueblo ella escuchó de lejos la música le revolvió el pelo rojo a Carmen Merengue sentada en el catre tapándose los oídos para no oír pero no podía algo la halaba por las rodillas los tobillos las puntas de las zapatillas una corriente irresistible se la llevaba la música le atravesaba las palmas de las manos le explotaba los oídos espuelas de gallo hasta que tuvo que

levantarse hasta que tuvo que mirarse en el pedazo de espejo
roto colgado en la pared y reconocer que eso era lo que ella
era una volatinera de feria la cara enmarcada de rizos postizos
las pestañas medio despegadas por el sudor los cachetes gordos de pancake las tetas falsas de goma rebotándole dentro
del traje y ese mismo día decidió regresar

14 de abril de 1971

Estimada Reverenda Madre:

Recibimos mi esposa Elizabeth y yo su carta, que nos ha
hecho meditar a fondo. Hemos decidido de mutuo acuerdo
sacar a María de los Angeles de la academia de ballet y prohibirle el baile. El asunto había tomado últimamente visos
desorbitados y ya nosotros habíamos discutido la posibilidad
de prohibírselo. Nuestra hija es, como usted ha notado, una
niña de mucha sensibilidad artística; aunque también de una
gran piedad. Muchas veces al entrar a su cuarto, la hemos
encontrado arrodillada en el suelo, con la misma expresión de
ausencia, de extraña felicidad, que le transforma el rostro
cuando está bailando. Pero nuestro verdadero deseo es,
Madre, el día de mañana ver a María de los Angeles, ni bailarina ni religiosa, rodeada de hijos que la consuelen en su
vejez. Por esto le rogamos que, de la misma manera que nosotros hemos tomado la decisión de sacarla del ballet, tomen
ustedes la decisión de no fomentarle la piedad en demasía.

María de los Angeles heredará a nuestra muerte una cuan-
tiosa fortuna, siendo hija única. Nos preocupa mucho que
nuestra niña, criada como la nata sobre la leche, caiga el día
de mañana en manos de un buscón desalmado que pretenda

echarle mano a nuestro dinero. Las fortunas hay que protegerlas hasta más allá de la muerte, Madre, usted los sabe, pues tiene bajo su cuidado tantos bienes de la Santa Iglesia. Usted y yo sabemos que el dinero es redondo y corre, y yo no estoy dispuesto a dejar que cualquier pelagatos venga a malbaratarme el mío, que tanto trabajo me costó hacer.

Nuestra desgracia está en haber tenido una hija y no un hijo, que hubiese sabido atender nuestro capital y nuestro nombre. Porque el que pierde su capital en esta sociedad pierde también el nombre, Madre. Al que está abajo todo el mundo lo patea, eso usted también lo sabe. Las niñas son siempre un consuelo y una mujer educada, de intelecto pulido, es la joya más preciosa que un hombre puede guardar en su hogar, pero no puedo conformarme al ver nuestro futuro tan incierto. Todo depende de que María de los Angeles se case con un hombre bueno, que no la venga a destasajar. Solamente entonces, cuando la vea casada, protegida en el seno de ese hogar como lo fue en el nuestro, junto a un marido que sepa conservar y multiplicar su herencia, me sentiré tranquilo.

Como usted comprenderá, el que María de los Angeles decidiese unirse a vuestra orden sería para nosotros inaceptable. Le aseguro que, por más que nuestra devoción sea profunda y nuestro aprecio hacia usted sea sincero, no podríamos evitar el resentimiento y la sospecha, ya que el ingreso de una fortuna como la de ella al convento no sería pecata minuta.

Le ruego me perdone, Madre. Comprendo que he sido brutalmente sincero con usted, pero también es cierto que cuentas claras conservan amistades. Usted puede estar segura de que, mientras yo viva, al convento no ha de faltarle nada. Mi preocupación por la obra de Dios es genuina, y ustedes son sus obreras sagradas. Si Elizabeth y yo hubiésemos tenido un hijo además de una hija, le aseguro que no habría encontrado en nosotros oposición alguna, sino que nuestro deseo más ardiente hubiese sido que ella se uniese a ustedes en esa labor santa, de redimir al mundo de tanta iniquidad.

Reciba un saludo cordial de su amigo que la admira,
Fabiano Fernández

Abril 17 de 1971
Colegio del Sagrado Corazón
Apreciado señor Fernández:

Recibimos su atenta cartita y juzgamos sabia su decisión de sacar a María de los Angeles del nocivo ambiente del ballet. Estamos seguras de que con el tiempo ella olvidará todo este episodio, que recordará como una pesadilla. En cuanto a su súplica de que desanimemos su piedad, señor Fernández, a pesar de ser usted el benefactor principal del Colegio, y con todo el respeto debido, usted sabe que no podemos complacerlo. La vocación es siempre un don de Dios y nosotras no nos atreveríamos jamás a intervenir en su cumplimiento. Como dice Nuestro Señor en la parábola de los obreros enviados a la viña, muchos serán los llamados y pocos los escogidos. Si María de los Angeles se siente escogida por nuestro Divino Esposo, hay que dejarla en libertad para que responda a su llamado. Comprendo que los quehaceres de este mundo lo atribulen. Ver a su hija entrar a nuestra comunidad sería quizá para usted un desgarramiento del corazón. Pero ya verá señor Fernández, ya verá, con el tiempo la herida se irá cerrando. Hay que recordar que Dios sólo nos tiene aquí prestados, en este valle de lágrimas no estamos más que de paso. Si llegara algún día a pensar que ha perdido a su hija para el mundo de los hombres, la habrá ganado para el de los ángeles. Me parece que, por el nombre con que la bautizaron, la Providencia Divina ha estado de nuestro lado desde que esta niña nació.

Respetuosamente suya en N. S. J.
Reverenda Madre Martínez

Abril 27 de 1971

Estimada Reverenda Madre:

No puede imaginarse lo que estamos sufriendo. El mismo día que le hicimos saber a María de los Angeles nuestra decisión, cuando supo que le prohibíamos para siempre volver a bailar, cayó gravemente enferma. Hemos traído a los mejores especialistas a examinarla, sin ningún resultado. No quiero abrumarla a usted con nuestra terrible congoja. Le escribo estas lineas porque sé que usted es su amiga y la aprecia de veras. Le ruego que rece por ella para que Dios nos la devuelva sana y salva. Lleva durmiendo diez días y diez noches con suero puesto, sin haber recobrado una sola vez el conocimiento.

Su amigo,
Fabiano Fernández

II

LA BELLA DURMIENTE

era el día de su cumpleaños y estaba sola sus padres habían salido a dar un paseo por el bosque en sus alazanes se le ocurrió recorrer huronear todo el castillo lo que nunca le había sido permitido porque había una prohibición que la hacía sufrir mucho pero que ahora mismo no podía recordar entonces fue recorriendo todos los pasillos en paso de bouret chiquitito despacito las puntas de las zapatillas juntitas subiendo ahora por la escalera de caracol junititos chiquititos hormigueando por la oscuridad no podía ver nada pero sentía que algo la estaba atrayendo las zapatillas cada vez más imperiosas como las de Moira Shearer punteando pellizcando el piso con las puntas como si de allí fuese a salir una nota musical golpeándolo con sus pies clavijas tratando de dar la nota que la haría recordar qué era lo que estaba prohibido pero no podía adelgazando las piernas disciplinándose sin descanso abriendo puertas y más puertas mientras subía por el túnel de la torre hacía días que estaba subiendo y no llegaba nunca a la salida estaba tan cansada de bailar pero no podía dejar de hacerlo las zapatillas la obligaban entonces la puertecita de telarañas al final del pasillo la manija de su mano girando la viejecita hilando la rueca girando el copo girando el huso girando sobre la palma de su mano el dedo pinchado la gota de sangre ya está sintió que se caía al suelo ¡PLAFF! y que todo se iba durmiendo desvaneciendo derritiendo a su alrededor los caballos en las cuadras las bridas en las manos de los palafreneros los centinelas con sus lanzas recostados de las puertas del palacio los cocineros los asadores las perdices los faisanes el fuego dormido en la boca del fogón el tiempo cosido con telarañas al ojo del reloj todo se fue recostando a su alrededor hasta que el palacio entero quedó sumido en un profundo silencio durmió tanto tiempo que los huesos se le fueron poniendo finos como agujas se le colaban sueltos por el cuerpo perforaban su carne por todas partes hasta que un día oyó a lo legos un ¡TATiii TATiii TATiii! lo reconoció era Felisberto que se acercaba trató de levantarse pero el lamé drapeado alrededor de su cuerpo la oprimía es lamé de oro puro con ese peso encima no se puede bailar ¡BAILAR! ¡eso era lo que estaba prohibido! Felisberto acerca su rostro al mío me besa en la mejilla ¿eres tú, príncipe soñado? ¡cuánto me has hecho esperar! de la mejilla me empieza a emanar un calorcillo redondo le empieza a emanar de la mejilla que se me esparce por todo el cuerpo quítenle esos trapos de encima que la están sofocando que me están sofocando despiértate mi amor ahora vas a poder bailar todo lo que tú quieras porque han pasado cien años y ya se han muerto tus padres ya se han muerto las reseñadoras sociales las damas de sociedad las monjas del colegio ahora vas a poder bailar para siempre porque te vas a casar conmigo te voy a llevar lejos de aquí me hablas y te veo chiquitito mirándote desde el fondo ahora más grandecito mientras te me voy acercando subiendo rápidamente de las profundidades se me ha caído el traje de oro lo siento que me roza las puntas de los pies hasta que se zafa ya estoy libre ahora liviana desnuda empujándome hacia ti con las piernas hasta romper la superficie dame otro beso Felisberto despertó.

Abril 29 de 1971

Estimada Reverenda Madre:

¡Nos encontramos nuevamente felices! ¡Nuestra hija está sana y salva! Gracias sin duda a la intervención divina despertó de ese sueño que ya creíamos mortal. Estando sumida en coma vino a verla el joven Felisberto Ortiz, a quien nosotros no conocíamos. Se mostró consternado ante su gravedad y nos dio a entender que entre ellos existía desde hacía algún tiempo el idilio. ¡Mire qué hija bandida, tan escondidito que se lo tenía! Estuvo mucho rato con ella, hablándole al oído todo el tiempo como si no estuviera dormida. Por fin nos rogó que le retiráramos las mantas de lana pesada con que la habíamos arropado para retener el poco calor que le quedaba en el cuerpo. Siguió hablándole y meciéndola, rodeándole los hombros con un brazo, hasta que notamos que los párpados le comenzaron a temblar. Entonces acercó su rostro al de ella, le dio un beso en la mejilla y ¡Alabado sea el Santísimo, María de los Angeles despertó! Yo mismo no podía creer lo que veía.

En resumidas cuentas, Madre, los felices sucesos de este día nos han hecho acceder a los deseos de ambos jóvenes de casarse lo antes posible y formar hogar aparte. Felisberto es un joven humilde, pero tiene la cabeza en su sitio. Hoy mismo le dimos nuestra bendición al compromiso y piensan casarse dentro de un mes. Claro, nos entristece pensar que ahora nuestra hijita no podrá nunca llegar a ser Primer Medallón, como usted tanto hubiese deseado. Pero estoy seguro de que a pesar de todo usted comparte nuestra felicidad, y se alegrará de veras al ver a María de los Angeles vestida de novia. Quedo, como siempre,

Su amigo agradecido,
Fabiano Fernández

(Reseña Social, Periódico *Mundo Nuevo,* Enero 20 de 1972)

El evento social más importante de esta semana, queridos Beautiful People, fue por supuesto el compromiso de la linda María de los Angeles Fernández, hija de nuestro querido Don Fabiano, con Felisberto Ortiz, ese guapo jovencito que promete tanto.

Se anunció que la boda será dentro de un mes. Ya están enviando las invitaciones impresas en Tiffany's, claro está! Así que manos a la obra, amigos, a preparar sus ajuares, que ésta será sin duda la boda del año. Va a ser un espectáculo muy interesante ver ese día a las Diez Mejores Vestidas compitiendo contra las Diez Más Elegantes, competencia importantísima hoy en nuestra irresistiblemente excitante islita.

La vida cultural de los Beautiful People parece que va a seguir alcanzando altas proporciones, pues nuestro querido Don Fabiano ha anunciado que prestará su deslumbrante colección de cuadros religiosos del barroco italiano para decorar las paredes de la Capilla de Mater, donde se celebrará la boda, y que además se encuentra tan contento con el escogido de su hija (el novio tiene un masters nada menos que en marketing, de Boston University) que donará a la capilla un poderoso aire acondicionado Frigid King de doscientos mil dólares, para que ese día los Beautiful People podamos asistir a la ceremonia sin esos inevitables sudorcitos y vaporcitos que produce el terrible calor de nuestra isla, y que no solamente estropea la hermosa ropa, sino que pone mongos y aguados los lindos y elaborados peinados de las BP's. Es por esto que en las bodas, los invitados a menudo no van a la iglesia, a pesar de que muchos son muy devotos y de comunión diaria, sino que esperan para felicitar a la feliz pareja en el receiving line del hotel, con el resultado de que la ceremonia religiosa queda siempre algo deslucida. Pero ésta será una boda única, ya que los BP's podrán disfrutar por primera vez de los hermosos oropeles de nuestra Santa Madre Iglesia, envueltos en ese friíto de Connecticut, como en deliciosa crisálida.

Ahora, entre los BP's hay un grupo que se llama los SAP's (Super Adorable People). Estos se reúnen todos los domingos para tomar el brunch y comentar sobre las fiestas del fin de semana. Luego del brunch todos bajan a la playa de los BP's donde se reúnen a quemar sus esbeltos cuerpos y a tomar piña colada.

Si usted se considera "in," y no va a esa playa, ¡cuidado que a lo mejor pierde su status! ¡AH! Y se me olvidaba informarles que ahora lo "in" entre esas BP's que se encuentran en estado interesante (quiero decir, esperando la visita de la cigüeña), es entrenarse con el muy popular instituto Lamaze, que les promete un parto sin dolor.

La bella durmiente

(Recortes de periódico que va pegando la madre de María de los Angeles en el Album de Bodas de su hija.)

Para mi hijita adorada, para facilitarle su entrada al reino de las novias, antesala del reino de los cielos.

I. UNA IDEA PARA EL SHOWER

Si ha sido usted invitada a un shower para la pariente o la amiga íntima que se casa pronto y se ha estipulado que los presentes deben ser para uso personal, aquí tiene una idea que será acogida con mucho gusto por la futura señora y que despertará el entusiasmo de los concurrentes. Compre un cesto de mimbre pequeño, un tramo largo de cordón de plástico para tendedero y un paquete de pinzas para ropa. Busque además cuatro bonitos juegos de brasier y pantaletas en colores pastel, dos o tres pares de pantimedias, una baby doll, una bonita y vaporosa gorra para cubrir los tubos del rizado y dos o más bufandas de chiffón. Extienda el tendedero y prenda a intérvalos con las pinzas las diversas prendas, alternándolas según su índole y color, hasta llenar toda la cuerda. Doble ahora ésta con todo y ropa y acomódela en el cesto, que envolverá luego en un par de metros de tul nylon, atándolo con un bonito moño adornado de flores artificiales. No se imagina el alboroto que despertará en el shower su novedoso regalo.

II. PARA TODA UNA VIDA

A pesar de los cambios experimentados en el modo de vivir, la decoración, etc., las novias, en términos generales, siguen prefiriendo los regalos tradicionales como lo son la vajilla, los cubiertos, y las copas.

Las vajillas se fabrican actualmente en materiales muy prácticos con cualidades que las hacen bastante resistentes, al igual que ornamentadas a tono con la decoración moderna. Sin embargo, estas vajillas no son tan finas como las clásicas vajillas de porcelana. Las vajillas clásicas, como la Bernadot de Limoges, o la Franconia de Bavaria, pueden verse en residencias donde han ido pasando de generación en generación.

Los cubiertos pueden conseguirse en diversos diseños y de distintas calidades, entre las cuales figuran los de baño de plata, los de plata esterlina y los de acero inoxidable. Lógicamente es muy práctico un cubierto de acero inoxidable. Sin embargo, para vestir una mesa, nada como la plata.

Lo que se conoce como silver-plated es un baño especial de plata. Muchas novias suelen procurar cubiertos con baño de plata Reed and Barton, ya que tiene garantía de 100 años. La cristalería debe armonizar con la vajilla. En cristalería hay marcas reconocidas, las cuales suelen procurar las novias, dependiendo del presupuesto. Son éstas: St. Louis y Baccarat.

Una novia haciendo su lista de estos regalos obtendrá artículos para toda la vida. Esto depende del poder adquisitivo de los invitados. Pueden entre todos, pieza a pieza, regalarle únicamente la vajilla, etc. Si son invitados pudientes le regalarán bandejas, jarros, floreros, salseras, aceiteras, etc., y otros artículos para la mesa bien servida, en plata.

III. ¿EN QUE CONSISTE LA FELICIDAD?

¿Una bella casa en medio de un lindo jardín, finos muebles, alfombras y cortinajes? ¿Viajes? ¿Ropa? ¿Mucho, mucho dinero? ¿Joyas? ¿Autos de último modelo? Posiblemente usted tiene todo esto y sin embargo no es feliz, pues la dicha no consiste en poseer bienes materiales. Si usted cree en Dios y en sus promesas, si es buena esposa y madre; si maneja bien el presupuesto del hogar y hace de éste un recinto de paz y amor, si es una buena vecina y está dispuesta siempre a ayudar a quien lo necesita, será sumamente dichosa.

(Notas al calce de las fotos en el Album de Bodas de María de los Angeles y Felisberto, escritas de su puño y letra por Elizabeth, ahora madre de los dos.)

1. *Intercambiando anillos y jurándose amor eterno en la Dicha y en la Desgracia.*

2. *Bebiendo la Sangre de Cristo en el Copón de Oro Sagrado durante la Misa Nupcial.*

3. *María de los Angeles retratada de perfil, con el velo como una nube cubriéndole el rostro.*

4. *¡Desfilando por el centro de la nave!*
   ¡Qué asustada se veía mi pobre niña!

5. *Cortando el bizcocho, las manos unidas amorosamente sobre el cuchillo de plata.*

6. *¡Casados al fin!*
   ¡Un sueño hecho realidad!

7. *María de los Angeles retratada de frente. Ha doblado su velo hacia atrás y sonríe con el rostro descubierto, campechanamente. ¡Ahora ya es por fin una Señora!*

III

GISÈLLE

vestida de gasa blanca como Gisèlle contenta porque me voy a casar con Felisberto me acerco hoy a tus pies ¡Oh Mater! más pura que la azucena cuya blancura superáis a rogarte que me ampares en este día el más sagrado de mi vida me acerco a ti y coloco mi ramo de novia sobre el escabel de terciopelo rojo donde reposa la punta de tu pie, pasando mis ojos por última vez por encima de tu modesto vestido rosado tu manto azul celeste las doce estrellas que circundan tu cabeza y inclinada Mater es el ama de casa perfecta. vestida de gasa blanca me acerco ¡Oh Mater! pero no como tú sino como Gisèlle después que se mete la daga en el pecho porque sospecha que Loys su amante no va a querer seguir siendo un sencillo campesino como ella creía sino que va a convertirse

él también en un príncipe con muchos intereses creados
entonces Gisèlle piensa que Loys dejará de amarla porque
ella es astuta y sabe que cuando hay intereses creados por el
medio el amor es siempre plato de segunda mesa los cazadores los ministros los batallones de soldados rojos con los
hombros entorchados de oro todo vendrá antes que ella y es
por esto que Gisèlle se suicida o quizá no se suicida sino que
decide acercarse a las willis conducidas por la Reina de la
Muerte y es para llegar a ellas que tiene que pasar por la torpe
pantomima de la daga se la mete en el pecho dándole la
espalda al escenario mano piernas pies verduguean el aire
desgonzados está loca la pobre Gisèlle ha enloquecido de
amor dicen los campesinos que lloran alrededor de su cuerpo
caído pero ella no está allí se ha escondido detrás de una cruz
del cementerio donde se pone su verdadero traje de novia su
traje de willis blanco delirio hecho de piel de pensamiento de
virgen lo estira suavemente por encima de su tez helada
ahora se pone las zapatillas para no quitárselas jamás porque
su destino es bailar para siempre deslizarse como un fantasma por todos los campos irse quedando a pedacitos por las
ramas de los bosques asombrada ella misma de ver que su
cuerpo se le va desprendiendo en copos y Mater la mirará
desde su silla allá arriba en el cielo y sonreirá complacida
porque para Gisèlle bailar y rezar son una misma cosa. por
eso se une al oleaje de las willis en un baile de agradecimien-
to su cuerpo tiene la ligereza de una clepsidra o reloj de agua
la Reina de la Muerte se queda asombrada al verla bailar
pasa una mano a través del cuerpo de Gisèlle y la retira
cubierta de pequeñas gotas Gisèlle no tiene cuerpo Gisèlle
está hecha de agua. pero de pronto las willis huyen despavo-

ridas han oído unos pasos que se acercan por el bosque es Loys que se ha empeñado en seguir a Gisèlle una vocecita en el fondo de su corazón la previene ten cuidado Gisèlle un peligro terrible te acecha. Loys siempre ha tenido éxito en todas sus empresas y no ha de aceptar que Gisèlle se le escape así porque sí se ha empeñado en seguirla para tratar de quitarle su traje blanco delirio deshojárselo pétalo a pétalo en el acto de amor para después preñarla meterle un hijo dentro de su vientre delgadísimo de clepsidra quitarle su ligereza de gota de agua ensancharle sus caderas de semilla ya fofas abiertas para que ella no pueda jamás volver a ser una willis, pero no Gisèlle está equivocada Loys la ama de veras Loys no la preñará Loys se pondrá un condón velorosado se lo prometió junto a su lecho de muerte la coge del brazo y la hace darse vuelta junto al altar hasta quedar frente a frente a los invitados que llenan la iglesia le da unas palmaditas en la mano desfallecida que ella ha apoyado sobre su brazo para darle valor tranquilízate ya falta poco tienes que ser valiente, pero ahora cuando la luz de la aurora tiñe de rosa el horizonte se oyen las campanas distantes de la iglesia y las willis tienen que batirse en retirada, ellas no son ángeles como traidoramente aparentan ellas son demonios sus trajes son crinolinas sucias y malolientes sus alas de libélula están amarradas con alambres de púas a la espalda ¿Y Gisèlle, qué hará Gisèlle? Gisèlle ve a las willis desapareciendo una tras otra entre los árboles como suspiros oye desesperada que la llaman pero ya es tarde ya no puede escaparse siente que Felisberto la coge por el codo y la fuerza a desfilar por el mismo centro de la nave

La bella durmiente

(Reseña Social, Periódico *Mundo Nuevo*,
25 de febrero de 1972)

Pues bien, tal parece que el evento social del año ya ha acontecido y la fabulosa boda de Felisberto y su María de los Angeles es sólo un recuerdo resplandeciente en las mentes de las personas más elegantes de Puerto Rico. Todos los BP's se presentaron en la Capilla de Mater, para ver y ser vistos, en sus mejores galas. Viendo a la linda novia desfilar hacia el altar, forrado de arriba abajo con una catarata de lirios calas, estaba todo lo más granado de nuestra sociedad. La avenida central de la iglesia, off limits con un cordón de seda para todos menos la novia y el novio, estaba enteramente cubierta por una alfombra de raso puro, importada para la ocasión desde Tailandia. Las columnas de la capilla, cubiertas de techo a piso con capullos de azahares ingeniosamente tejidos con alambres, daban a los invitados la ilusión de entrar a un rumoroso y verde bosque. Las paredes, colgadas de Caravaggios, Riberas y Carlo Dolcis auténticos, fueron una fiesta resplandeciente para los ojos de los BP's, ávidos siempre de esa belleza que educa. Nuestro querido Don Fabiano cumplió su promesa de exhibir en la capilla sus fabulosos cuadros, y la boda de María de los Angeles no tuvo nada que envidiarle a las bodas de las Meninas en el Palacio del Prado. Seguramente que ahora las monjitas de la academia, después de la instalación de tan fabuloso aire acondicionado, no se olvidarán nunca de rezar por Don Fabiano y su familia. ¡Esta es una hábil manera de ganarse el cielo, si es que hay alguna!

La recepción tuvo lugar en el salón íntimo del Caribe Supper Club, y fue un verdadero sueño de Las Mil y Una Noches. Toda la decoración estuvo a cargo de Elizabeth, esposa de Don Fabiano, acostumbrada como está ella a convertir sus sueños en realidad.

Con los diamantes como tema, los adornos del salón de baile fueron confeccionados en tonos plateados. Tres mil orquídeas fueron traídas en avión desde Venezuela y colocadas sobre una base de cristal de roca, con tres gigantescas lágrimas de diamante, importadas desde Tiffany's, colgando del mismo centro. La mesa, donde tenían sus sitios la novia y el novio, rodeados por sus invitados de honor, era de cristal Waterford importada de Irlanda. Y como si esto fuera poco, material de plata importada brillaba de los respaldares de todas las sillas, cinceladas en forma de corazón. Los manteles eran igualmente de hilo de plata, y los menús tenían forma de diamantes pear shaped. Hasta los hielos tenían forma de diamantes, para dar el toque final a la perfección. El bizcocho, confeccionado con azúcar especialmente refinada para que tuviese también ese diamond look cegadoramente bello, representaba el templo del Amor. Los novios, figuritas de porcelana parecidísimas a María de los Angeles y a su Felisberto, subían por un sendero de espejos bordeado de flores y cisnes de azúcar en los más delicados colores pastel. El último piso, coronado por el kiosco del templo, con columnas de cristal y techo de cuarzo, albergaba un cupido antiguo con alitas de azúcar que giraba constantemente sobre la punta del pie, apuntando su diminuto arco a todos los que se le acercaban.

La atracción principal de la noche fue Ivonne Coll, cantando sus hits "Diamonds Are Forever" y "Love Is a Many Splendored Thing".

El ajuar de la novia era algo fuera de este mundo. Se destacaba entre todo el decorado por la sencillez exquisita de su línea. Los BP's deberán aprender, con el ejemplo de María de los Angeles, que la sencillez es siempre reina de la elegancia.

HELLO! I ARRIVED TODAY

Name: *Fabianito Ortiz Fernández*

Date: *5 de noviembre de 1972*

Place: *Hospital de la Caridad*
Santurce, Puerto Rico

Weight: *8 lbs.*

Proud Father: *Felisberto Ortiz*

Happy Mother: *María de los Angeles*
Fernández de Ortiz

---

7 de diciembre de 1972
Colegio del Sagrado Corazón

Apreciado Don Fabiano:

Acabo de recibir el birth announcement de su nietecito Fabiano, y no quiero dejar pasar un solo día sin dirigir unas líneas de felicitación al nuevo abuelo por el feliz advenimiento. ¡A la verdad que eso fue friendo y comiendo! ¡Nueve meses justos después de la boda! Me puedo imaginar la fiesta que haría usted, con champán y puros para todo el mundo, en la misma antesala del quirófano. El nacimiento de un niño es siempre motivo de alegría y comprendo que para usted, preocupado en exceso como lo ha estado siempre por los asuntos de este mundo y ansioso porque Dios le diera un varón desde hace años, este suceso sea el más feliz de su vida. No olvide, querido amigo, en la euforia de su felicidad, que un nacimiento es motivo de alegría santa. Espero muy pronto recibir la invitación al bautizo, aunque desde ahora le aconsejo que debe cuidarse de no hacer una fiesta pagana, tirando la casa por la ventana. Lo importante es no dejar a ese querubín moro, sino abrirle las puertas del cielo.

Cariñosamente, quedo, como siempre,

su amiga en N. S. J.

Reverenda Madre Martínez

13 de diciembre de 1972

Estimada Reverenda Madre:

Acabo de recibir su carta, que le agradecí mucho, pues Elizabeth y yo estamos pasando un trago muy amargo. En momentos como éstos es siempre consolador saber que uno tiene buenos amigos tan cerca. Como era de esperarse Madre, el nacimiento de nuestro nietecito nos dio un alegrón inmenso. Toda la familia se reunió en el hospital y estuvimos celebrando hasta el amanecer. Luego de asegurarnos de que nuestra hija y su retoño estaban en perfecta salud, Elizabeth y yo regresamos a casa. Antes de irnos le rogamos a María de los Angeles que nos avisara cuando hubiese fijado la fecha del bautizo. Usted sabe lo mucho que Elizabeth goza con la decoración de las fiestas, la pobre, y ya ella se había hecho la ilusión de, para su nietecito, celebrar el bautizo más hermoso que se hubiese visto jamás en Puerto Rico. Tenía ya encargadas, entre innumerables cosas los recordatorios, las estampitas, las capitas, las palomitas de seda llevando moneditas de oro en el pico. Había mandado a decorar el bassinet en concha de bautizo forrada de satén azul por dentro y derramando encaje de bruselas por los bordes. Pensando que el bautizo sería muy pronto, había encargado hasta el bizcocho, un inmenso corazón de rosas de azúcar sostenido en el aire por tres angelotes de biscuit representando el amor, ese amor que ha hecho posible el advenimiento de un niño tan hermoso. Imagínese cómo nos sentimos, Madre, cuando recibimos una nota cortante de María de los Angeles, informándonos que ella había decidido no bautizar a su hijo.

En esta vida hay que aceptar las cosas como Dios se las manda a uno, Madre, pero esto ha sido un golpe duro para nosotros. María de los Angeles ha cambiado mucho desde que se casó. Al menos siempre nos quedará el consuelo del niño. Es un rorró precioso, parece que va a ser rubio porque nació sin pelo, y tiene los ojos azul cielo. Ojalá se le queden así y no le cambien. Algún día se lo llevaremos al convento para que usted lo conozca.

Reciba un saludo afectuoso de Elizabeth y mío,
Fabiano Fernández

14 de diciembre de 1972
Colegio del Sagrado Corazón

Querida María de los Angeles:

Tu padre me ha informado tu decisión de no bautizar a tu hijito, decisión que me ha sacudido profundamente. Conociendo tu corazón como lo conozco, de cualquier persona menos de ti hubiese yo esperado una decisión semejante. ¿Qué te sucede, hija mía? Me temo que no eres feliz en tu casamiento y eso me entristece mucho. Recuerda que los matrimonios están hechos en el cielo y por eso quizá le dicen a uno en broma cuando se casa, matrimonio y mortaja del cielo bajan. Si eres infeliz comprendo que trates de impresionar a tu marido, haciéndolo darse cuenta de que algo anda mal. Pero serías cruelmente injusta si pretendieras utilizar a tu hijo para estos propósitos. ¿Quién eres tú para jugar con la salvación de su alma? Piensa lo que le sucedería si se te muriera pagano. Se me hiela el corazón nada más que de pensarlo. Piensa que este mundo es un valle de lágrimas y que tú ya has vivido tu vida. Tu deber ahora es dedicarte en cuerpo y alma a ese querubín que Dios te ha enviado. Hay que tener la mente un poco práctica, hija querida, ya que esta vida está llena de sufrimientos inevitables. ¿Por qué no ofrecerlos para ganarnos la otra? Déjate de estar pensando en tantos pajaritos de colores, en tanto ballet de príncipes y princesas. Bájate de esa nube y dedícate a tu hijo, ése es ahora tu camino. Tranquilízate, hija, Dios velará por ti.

Recibe un abrazo y un beso de quien te quiere como una segunda madre,

Reverenda Madre Martínez

La bella durmiente

Querido Don Fabiano:

Perdóneme por haber dejado pasar tanto tiempo sin escribirle, pero usted sabe lo mucho que María de los Angeles y yo lo queremos, a pesar de los largos silencios transcurridos entre nosotros. Su nieto está precioso, regordete y saludable como pimpollo de rosa. Me lo estoy regustando a diario. Tiene puñitos de boxeador y cuando lo cargan al hombro patea como un macho. Ante los problemas que estamos teniendo María de los Angeles y yo, este niño ha venido a ser un consuelo para mí. Lo quiero más cada día que pasa.

Le ruego Don Fabiano, que mantenga lo que voy a decirle en la más estricta confidencia, destruyendo esta carta inmediatamente después de leerla, tanto por compasión a ella como por consideración a mí. Ahora me he venido a dar cuenta de la desgracia que fue mudarnos tan lejos, pues usted ha sido siempre mi mejor aliado, mi brújula en cómo tratar a María de los Angeles, en cómo llevarla por el camino sano con tanta dulzura que ella misma no pueda darse cuenta de que todo ha sido previsto.

Usted recordará que antes de nuestro matrimonio yo le dí mi palabra a su hija de permitirle continuar su carrera de bailarina. Esta fue la única condición que ella puso al matrimonio y yo la cumplí al pie de la letra. Pero usted desconoce el resto de la historia. A los pocos días después de la boda María de los Angeles insistió que mi promesa de dejarla bailar abarcaba el acuerdo de que no tuviéramos hijos. Me explicó que a las bailarinas, una vez salen encinta, se les ensanchan las

179

caderas y al sufrir este cambio fisiológico ya no pueden jamás
llegar a ser bailarinas excelentes.

No puede imaginarse la confusión en que esta declaración
me arrojó. Queriendo a María de los Angeles como la quiero,
un hijo de ella era mi gran ilusión. Usted sabe Don Fabiano
que soy de origen humilde y quizá por esto siempre he tenido
terror de perderla. Pero que yo sea de origen humilde no quiere decir que no tenga mi dignidad, que no tenga mi orgullo.

Su capricho me hirió profundamente. Pensé que quizá
porque soy pobre y mi apellido no es conocido, como dicen
ustedes, ni mi familia gente bien, como dicen ustedes, María
de los Angeles no quería un hijo mío. Pero yo no voy a ser
pobre siempre, Don Fabiano, yo no voy a ser pobre siempre.
Aunque comparado con usted, que tiene tantos millones, a
mí me considerarían pobre, ya que sólo tengo un millón de
dólares en el banco. Pero ese millón yo lo he hecho a pulmón,
Don Fabiano, porque lejos de su hija haber sido un asset, su
hija ha sido un lastre, una tara lamentable para mi desarrollo.
A pesar de su escabrosa carrera de bailarina, gracias a mis
éxitos económicos nadie puede darse el lujo de hacernos un
desaire, y nos invitan a todas partes.

Cuando María de los Angeles me dijo que no quería un
hijo mío me quedé sentidísimo. Recordé entonces una conversación que tuvimos usted y yo antes de la boda, cuando
me llevó aparte y me confesó lo contento que estaba de que
su hija se casara conmigo porque confiaba en que a mi lado
ella sentaría cabeza, encontraría esa conformidad y acepta-
ción que le faltaban y que a todas las mujeres les produce ser
esposa y madre. Recordé que usted me rogó en aquella ocasión con lágrimas en los ojos que le diéramos un nieto, un

heredero para que defendiera su fortuna en el futuro, para que se la protegiese y multiplicase cuando usted faltase. Recordé mi rabia y mi vergüenza al escuchar sus palabras, recordé haber pensado entonces qué era lo que usted se había creído, que porque yo era pobre era también papanatas, que por eso había querido que su hija se casara conmigo, creyéndose que yo no era más que un pelele para echárselo de semental. Cuando ella me dijo eso me acordé de sus palabras y me dio por pensar que no estaba nada de mal eso de un heredero, no estaba nada de mal, pero no para que heredase su fortuna sino para que heredase la mía, la que yo habría de hacer algún día para eclipsarlo, para borrarlo del mapa a usted y a toda su familia.

Claro que luego me arrepentí de estos pensamientos indignos y me propuse convencerla a las buenas de que tuviéramos un hijo. Primero le hice ver lo generoso que había sido con ella, comprándole (sin tener con qué para aquel entonces) un trousseau de reina, poniéndole casa y carro con sirvientas a la puerta. Luego le hablé del amor, de cómo un hijo es la única manera de que el matrimonio perdure. Pero cuando se me siguió emperrando, negándoseme, Don Fabiano, cuando me encontré al final de mi paciencia, al final de la cabulla como dicen en cristiano, la forcé carajo Don Fabiano le hice la barriga a la fuerza.

Desgraciadamente Fabianito, en vez de traer la paz a nuestro hogar, en vez de darle a su hija la alegría que yo esperaba una vez que tuviera a su hijo entre sus brazos, ha venido a ser una maldición para ella, un fardo insoportable que ha abandonado al cuidado de la niñera. A pesar de sus temores de no poder volver a bailar en el corto tiempo desde que dio a luz ella ha logrado un éxito extraordinario. Esto le ha valido el título de prima ballerina de la compañía que ahora lleva mi nombre, porque hasta se la compré para tenerla contenta.

Nuestra vida había transcurrido así, en relativa paz y armonía, y yo me consideraba un hombre feliz con María de los Angeles a mi lado, con un hijito sano que Dios nos había obsequiado y los negocios viento en popa, hasta hace dos semanas cuando en mala hora se me ocurrió llevarla a ver el show de volatineros del Astrodromo. Acababa de llegar a la ciudad y pensé que como ella estaba tan triste, podría divertirla. Luego de los bailes consabidos de prestidigitadores y atletas salió a la arena una mujer; una pelirroja de pelo enseretado. Bailaba casi a la altura del techo, sin malla de seguridad, y no sé por qué María de los Angeles se impresionó muchísimo al verla. En cuanto llegamos a casa me pidió que le tendiera una cuerda de un extremo a otro de la sala y de un salto se subió a ella. Vi con gran sorpresa que sabía hacerlo, al principio balanceándose cautelosamente pero luego se fue soltando, llevando el compás con el vaivén del cuerpo. Lo más que me llamó la atención fue la expresión de su cara. Parecía vaciada de todo pensamiento. Le hablaba y no me contestaba, era como si no me estuviera escuchando. Al rato se bajó de la cuerda y me acompañó en la mesa a la hora de la cena, pero la expresión de su cara no ha variado, sigue siendo la misma hasta hoy. Me mira con las pupilas dilatadas y se niega a contestarme cuando le dirijo la palabra.

Y para colmo ayer, no encuentro cómo decírselo, Don Fabiano, recibí un anónimo, el segundo que recibo en estos días, un asqueroso pliego de papel escrito a lápiz con letra infantilmente gorda y desigual. Seguramente alguna enferma lo escribió, no me la puedo imaginar de otra manera, uno de esos alacranes frustrados que abundan por los cubujones de los arrabales. Esta hija de su madre me informa que a la hora en que María de los Angeles va a hacer supuestamente sus prácticas al estudio la ve entrar todos los días a un cuarto de hotel, insinuando que se encuentra allí con un hombre.

Lo más terrible de todo esto, Don Fabiano, es que la sigo queriendo, no podría soportar vivir sin ella. Es que usted me la entregó en el altar todavía una niña, recuerdo todavía su cara el día de la boda, enmarcada por aquel velo de tul increíblemente blanco, y me parece un sueño. La recuerdo pasando de su mano a la mía como una virgen, la recuerdo así y no logro consolarme.

Pero además de esto, además de que la quiero de veras, no voy a permitir que mi matrimonio fracase porque yo sencillamente no estoy acostumbrado al fracaso. Cuésteme lo que me cueste, voy a hacer del matrimonio un éxito. Después de todo hay algo de exótico, de extraordinario, en que la esposa de un magnate financiero sea bailarina. ¿No le parece? Es una extravagancia que puedo permitirme, de la misma manera que muchos de mis amigos van todos los años a cazar elefantes al Africa.

Mañana iré personalmente a investigar lo que hace María de los Angeles en la habitación de hotel que me indica el anónimo. Estoy casi seguro de que todo esto es una calumnia, una mentira repugnante de alguien que envidia mi felicidad junto a ella, al igual que mi éxito, el haber logrado hacer mi primer millón antes de cumplir los treinta.

Sin embargo, no puedo dejar de sentirme atemorizado, intuyo la sombra de una amenaza revoloteando sobre nosotros. Usted sabe que un hombre puede soportarlo todo, absolutamente todo, menos esta clase de insinuaciones, Don Fabiano. Le juro que me siento destrozado. Mañana temo no poder responder de mis propios actos.

Deja de escribir súbitamente y se queda un rato largo mirando la pared frente al escritorio. Coge los pliegos manuscritos y los arruga con las dos manos hasta hacer una pelota apretada, que arroja con furia al cesto de la basura.

La luz de la tarde entra por la ventana de la habitación 7B, en el Hotel Alisios, atravesando las persianas venecianas, sucias y medio rajadas por uno de los extremos, y cae a manera de varas sobre los cuerpos desnudos, tendidos sobre el sofá. El hombre, acostado sobre la mujer, tiene el rostro vuelto hacia el respaldar raído y bayusco. La mujer le acaricia lentamente la cabeza, hundiendo una y otra vez la mano izquierda en el pelo rizado. En la mano derecha sostiene un pequeño breviario de oraciones y lee de él en voz alta, dirigiendo su voz por encima del hombre dormido sobre ella. María era virgen en todo lo que decía, hacía, amaba. Su lirio parece buscarla y a su vez ella levanta a menudo los ojos para . . . Al llegar aquí el hombre balbucea unas palabras incomprensibles y remueve un poco la cabeza como si fuera a despertar. La mujer sigue leyendo en voz baja tras de acomodar un poco el seno que tiene aplastado debajo del oído del hombre. Mater Admirábilis Azucena de los valles y Flor de los campos, rogad por nosotros. Mater Admirábilis más pura que la azucena cuya . . . Cierra por un momento el breviario y se queda mirando las carcomeduras del plafón, nota con desagrado que hay manchas de humedad por todas partes. Se acuerda de cómo, durante el acto sexual, se había puesto a repetir en voz alta la oración preferida de Mater, el bendita sea tu pureza, y el efecto afrodisiaco que esto le había causado. Era la primera vez que se acostaba con un hombre que no fuera su esposo y pensaba que hasta ahora todo había salido bien. Lo había recogido esa misma tarde, parándose en la esquina como una prostituta cualquiera. El oldsmobile se había detenido a su lado y había visto la cara del desconocido inclinada un poco hacia delante, debajo del cristal del parabrisas, con las cejas ligeramente arqueadas en una interrogación muda. Había pensado que daba lo mismo y no quiso mirarle otra vez la cara. El hombre le había ofrecido veinticinco dólares y ella había aceptado.

Sintió deseos de bailar. El hombre seguía durmiendo encima de ella como un bendito, un brazo arrastrado por el suelo y la cara vuelta hacia el ángulo del sofá. Se deslizó poco a poco debajo del cuerpo tibio hasta quedar libre. Sacó del bolso la cuerda de nilón y la tendió de extremo a extremo de la habitación. Se calzó las zapatillas de ballet, se amarró las cintas a los tobillos y de un salto se subió arriba. Al saltar desnuda sobre la cuerda de las suelas de sus zapatillas cubiertas de tiza se desprendió una nube de polvo que flotó por un momento en el aire estancado de la habitación. La concentración de su rostro, al comenzar a bailar, hizo más obvia la pintura exagerada de sus facciones. Tenía los ojos rodeados por dos chapas de zinc, contra las cuales se destacaban sus inmensas pestañas de charol. El pancake de sus mejillas, de tan grueso, parecía que se le iba a desprender de la cara en tortas. Pensó con alivio que por primera vez iba a poder ser ella, que por primera vez iba a poder ser bailarina, aunque fuera de segunda o de tercera categoría. Comenzó a colocar un pie frente a otro, sintiendo cómo los rayos de sol le cercenaban inútilmente los tobillos. Ni siquiera se dio vuelta cuando oyó la puerta abrirse de repente a sus espaldas, sino que siguió colocando cuidadosamente un pie frente a . . .

Abril 25, 1974

Estimada amiga:

No sabe lo que le agradecimos Elizabeth y yo su cartita de pésame, que recibimos hace ya casi un año. Sus palabras y sus oraciones, llenas de sabiduría y de consuelo, fueron un bálsamo para nuestro dolor. No pude sin embargo contestarle hasta hoy, Madre, porque me faltó valor. Hablar de estas cosas es siempre volver a vivirlas, repetir, como en una película muda, los gestos y las palabras que quisiéramos congelar en el tiempo y no podemos, congelarlos para poder cambiarlos, repetirlos de otra manera. Son tantas las cosas que hubiésemos querido alterar antes de la muerte de nuestra hija adorada. Su boda demasiado prematura, cuando pienso que se nos casó casi una niña se me aprieta el corazón. Su matrimonio apresurado con ese muchacho que apenas conocíamos, un muchacho neurótico y ambicioso, como sabemos ahora que es demasiado tarde.

Perdóneme, Madre, quizá no deba expresarme así de Felisberto, víctima como fue de este accidente monstruoso. A pesar de haber él también perdido la vida, y de que por caridad cristiana uno no debe nunca recriminar a los muertos, a pesar de saber todo esto no puedo perdonarlo. Usted misma se había dado cuenta de que María de los Angeles no era feliz en su matrimonio. Él la torturaba por el asunto del baile, injuriándola y criticándola, porque no le gustaba que ella bailara. Por otro lado, se llenaba constantemente la boca, echándoselas de que él había hecho tanto dinero que había comprado, para complacerla a ella en su capricho, la mejor compañía de ballet de todo el país.

Pero lo que no le puedo perdonar, lo que me sigue despertando a media noche bañado en sudor y temblando de ira es que ahora, Madre, cuando ya no hay remedio, me he venido a enterar que él hacía dinero con ella, que la compañía de ballet le dejaba sus buenos dividendos. Mi hija que jamás trabajó porque nunca tuvo necesidad de hacerlo, y ese desalmado la estaba explotando.

El día del accidente, ella estaba reunida con el coreógrafo, componiendo los pasos de un número nuevo para su próximo recital, cuando Felisberto se apareció de sorpresa. Desde la puerta de la habitación se puso a insultarla, injuriándola por haber dejado al niño solo con la niñera para irse allí a repetir las morisquetas de siempre. Parece que su orgullo pudo más que su ambición y, según el testimonio del coreógrafo, la amenazó con pegarle allí mismo una buena paliza si no abandonaba el baile. De haber estado yo presente, habría estado de acuerdo con Felisberto en esto. El ballet era un vicio que había que extirparle a María de los Angeles de raíz. Conozco de cerca ese mundo de las bailarinas por una canita al aire que me eché una vez, Madre, y todas esas mujeres acaban siendo unas cabras. Me extrañó que Felisberto nunca estuviese muy interesado en que ella dejara de bailar, cuando se oponía era muy débilmente, claro, yo nunca me imaginé que estaba pensando en sus ganancias. Esa tarde por lo visto decidió que era más importante su dignidad y quiso darle a María de los Angeles un buen escarmiento. Pero ese escarmiento era para habérselo dado en privado, Madre, en la privacidad de la casa haberle puesto las peras a cuarto pero no allí de aquella manera escandalosa, y en presencia de un extraño.

El coreógrafo, que no conocía a Felisberto, un hombre excepcionalmente fornido pero un infeliz ajeno a todo, salió en defensa de María de los Angeles. Forcejeando con él, tratando de sacarlo a la fuerza, lo restrelló con tal violencia contra la pared de cemento que le fracturó el cráneo. María de los Angeles se quedó paralizada en medio del cuarto. Felisberto, que había sacado una pistola de la chaqueta para defenderse, con el golpe inesperado apretó el gatillo y el disparo accidental la atravesó por la frente.

No puede imaginarse, amiga mía, lo que he sufrido con todo esto. Cada vez que pienso en mi hija desangrándose allí tirada, sin recibir siquiera los Santísimos Oleos, lejos de su madre, lejos de mí que la adoraba, que hubiese dado con gusto la mitad de mi vida por verla contenta, cuando pienso que tuvo una muerte tan inútil, siento una ola de rencor que me sube por la garganta. Cuando llegó la ambulancia ya estaba muerta. A Felisberto lo encontraron tirado en el suelo a su lado. Se lo llevaron inmediatamente a la sala de emergencia. Estuvo en intensive care durante dos semanas pero murió sin recobrar el conocimiento.

Casi un año ha pasado ya. Es como si entre el recuerdo de ese momento y yo se interpusiera un paño de cristal que se nubla con mi aliento si me acerco demasiado. Prefiero no hacerme más preguntas, Madre, no torturarme más. Fue la voluntad de Dios. Al menos nos queda el consuelo de no haber reparado en nada para su entierro. La sociedad entera se desbordó en nuestra casa. Nunca habíamos tenido una prueba como aquella del aprecio sincero de nuestros amigos. Pensándolo así, Madre, todas esas señoras y señores, Beautiful People y Super Adorable People, que usted, desde la santidad de su retiro mundano, ha contemplado siempre con un poco de sorna y desdén, no debería recriminarlos tanto. En el fondo son buenos. Todos fueron a comulgar. Con la vejez he aprendido que la belleza del cuerpo no es siempre vanidad, a menudo es un reflejo de la belleza del alma. Enterramos a María de los Angeles vestida de novia, rodeada por la espuma de su velo. Se veía bellísima. Sus cabellos recién lavados relucían sobre el blanco amarillento del traje. Los que la habían visto bailar comentaban extasiados que no parecía muerta, sino dormida, representando por última vez su papel de la Bella Durmiente.

Fabianito, por supuesto, se ha quedado con nosotros. Si no fuera porque hemos sufrido tanto, creería que todo esto ha venido a ser justicia divina Madre. ¿Recuerda lo mucho que ansiamos Elizabeth y yo que Dios nos enviara un varoncito, un hombrecito que defendiera nuestro nombre y nuestra hacienda para así alcanzar una vejez tranquila? Quizá la muerte de nuestra hija no haya sido después de todo tan inútil. Hacía ya tiempo que ella se había descarrilado, por andar con esa farándula de crápulas que son los bailarines. En realidad, Madre, mucho antes del accidente era como si nuestra hija hubiese muerto para nosotros.

Pero Dios en su misericordia divina siempre hace justicia, y nos dejó al querubín de su hijito para que llenáramos el hueco de ingratitud que ella nos dejó en el corazón. A propósito, Madre, pronto recibirá la invitación para el bautizo, que celebraremos con todas las pompas y las glorias. Esperamos que consiga permiso para salir esa tarde de la clausura y así pueda asistir, pues nos encantaría que fuese la madrina.

De ahora en adelante sí que podrá estar tranquila de que al convento no ha de faltarle nada, Madre, porque el día que yo me muera ahí le quedará Fabianito, que velará por usted.

Reciba un abrazo cariñoso de Elizabeth y otro de mi parte, se despide, como siempre,

su viejo amigo,
Fabiano Fernández

ese techo manchado feo siempre metiéndole a uno los cojones en la cara tranquila viene de tranca ese techo está cabrón parece cojones despachurrados ahí arriba te dije que bailar estaba prohibido sigue insistiendo y verás cómo te rompo la prohibido estaba prohibido así que ahora aguántate dormir dormir dormir dormir dormir dormir dormir dormir dormir dormir dormir dormir dormir despiértate amor mío quiero que te cases conmigo te dejaré bailar te dejaré ser bailarina te dejaré ser tranca viene de tranca no por favor no me preñes te lo ruego Felisberto por lo más que tú cabrón eso está cabrón bailando Coppelia bailando la Bella Durmiente bailando Mater hilando camisitas blancas mientras esperaba que la barriga del salvador le creciera ahora abre las piernas ahora aguántate ahora arrodíllate para que adores lo que pariste lo adorarás lo besarás lo lamerás lo cuidarás ¿qué será de mi niño bonito sin su madrecita? ahora olvídate de ser bailarina olvídate de ser lo adularás lo protegerás para que despúes él te proteja y te defienda por los siglos de los siglos ahora arrodíllate y repite con devoción repite con devoración ni Coppelia ni Bella Durmiente ni este mundo es un Valle de Lágrimas el otro es el que importa hay que ganárselo ofreciendo los sufrimientos inevitables que te tocarán si lo que tienes entre las piernas es una y si no hay más ninguno y si no hay otro cabrón eso está ni Super Adorable Bitch ni bandejas de plata ni copas de plata ni jarros de agua de plata ni caricias largas y frías con manos de plata ni palabras introducidas por la boca con largas cucharas de plata di que sí mi amor di que estás contenta bailando Gisèlle pero esta vez con furia con crinolinas malolientes y alas de alambre de púas amarradas a la espalda porque no me conformo Felisberto porque me traicionaste y por eso te he traído aquí para que me vieras y se lo contaras a papá se lo describieras detalle a detalle para que ambozados vieran mi cara de yeso rodeada de rizos postizos mis pestañas de charol despegadas por el sudor mis cachetes gordos de pancake el pelo que se me va tiñendo de rojo a la limón a la limón que se rompió la ciega a todo lo que la rodeaba las manchas del techo las persianas podridas la palangana descascarada a la limón a la limón de qué sehacel dinero un día la feria volvió a pasar por el pueblo y ella tapándose los oídos para no oír pero no podía algo la halaba por las rodillas los tobillos las puntas de las zapatillas a la limón a la limón a la algo la arrastraba y se la llevaba lejos ni protegida ni dulce ni honrada ni tranquila María de los Angeles tú tranquila de cascarón de huevo el dinero se hace de cascarón de huevo ni sometida ni conforme ni

De tu lado al paraíso

Methinks her fault and beauty, blended together, show,
like leprosy, the whiter, the fouler.

The Duchess of Malfi

Hace un año justo que ellos vienen posponiendo este regreso,
este enfrentamiento a su último rostro, a su espíritu que
aguarda sentado en el centro tibio de la casa. Es comprensi-
ble que después de lo que sucedió les faltara valor, necesitaran casi doce meses para ir sedimentando capa tras capa
alrededor de su corazón para poder regresar, hojear estas
láminas fragilísimas, a la vez hirientes y blandas, su rostro y
sus manos cubiertas por una piel de vidrio, estas láminas cen-
telleantes, tan parecidas a los muros de esta casa que yo limpio cada día en su nombre, eñangotándome para darle cera de
muñeca a los pisos, metiendo la mano hasta el hombro en el
servicio para purificar la porcelana más alejada de su garganta, poniéndome en cuarto patas para cepillar el vello de las
alfombras hasta dejarlas relajadas, desleídas como vellones de
mujeres rubias derribadas por el suelo, rebajándome día tras
día hasta llegar a ser la mierda y la hielda de la sociedad para

que ella pueda seguir siendo la crema y nata, para que ella pueda seguir viviendo, como el ángel que ahora es, en el séptimo cielo, soñando como una princesa su séptimo sueño encima de sus siete colchones de pluma de ganso, sellada en la frente con el séptimo sello de Nuestro Señor que por siempre la tenga en su gloria. Estas láminas que ahora son lo mismo que decir su cuello sus hombros o sus muslos, los destellos de luz filtrándose a través de las celosías que he limpiado por encima y por debajo como si fuesen sus uñas, sobre el piso de parquet que he barnizado igual que si fuese su piel y entonces por eso el álbum, la necesidad de verla arrodillada para siempre en el reclinatorio de seda china, un cirio encendido en la mano, de contemplarla rezando frente a la custodia de brillantes como frente a la corona de su propio martirio. Por eso estas imágenes sostenidas cuidadosamente entre el índice y el pulgar para que no se derritan, para que no se vayan a derrumbar en un montoncito de polvo traicionero, luminoso y cortante, de pie en el último peldaño de la escalera, la cola de su vestido de piel de ángel acumulada delante de sí como un remanso, como un embalse de sangre fría y nevada, estas imágenes ya un poco desvaídas y grumosas a la merced del tiempo que deshilvana sus contornos, como sucede siempre con los recuerdos, nebulosas como celdas de panal viejo que a fuerza de labradas y relabradas han ido perdiendo su transparencia. Por eso la necesidad de estas repeticiones incansables, colocadas por mí dentro del álbum de bodas como una hilera de frutas abrillantadas dentro de su caja, quizá un poco encogidas y demasiado dulces, es verdad, pero conservadas, estuchadas para siempre en láminas de formica igual que en el fondo de un agua azul, melancólica y cetácea pero limpia al tacto, la necesidad de abrir una vez más las tapas purísimas, gruesas y blandas como labios de novia para ir depositando una a una, lo más amorosamente que puedo, las fotos de la boda dentro del álbum.

Los señores van y vienen, residen aquí algunos meses, luego empaquetan valijas y baúles y se van a pasear, algunas veces a España otras a Francia. Van y vienen tranquilos de que la casa queda segura conmigo, de que yo no permitiré que caiga en esa amoralidad en que suelen caer las casas deshabitadas, en ese orinar desvergonzado y constante por entre los reverberos de las rejas, en ese romper en medio de la noche los cristales de las ventanas a estallidos impúdicos como si fueran hímenes. Cuando regresan es siempre por alguna razón sin importancia. Algo, alguna noticia recibida en alta mar sobre enfermedades en la familia, algún artículo leído en medio de la paz del desayuno frente a la taza de café humeante, describiendo los estragos este año de la sequía en los habitantes del Africa, o informando la última tasa de mortandá colérica en la India los espanta pasajeramente, los alebresta como aves ordinarias de corral que en su aspaviento olvidan toda su elegancia. Necesitan entonces regresar para sentirse reconfortados, sentarse en la silla que les toca en el comedor, tomarse sorbo a sorbo la sopa que yo les preparo en las mismas cucharas de siempre, un poco nebulosas por el tacto, sabiéndose de memoria cuál es el borde astillado, dónde es que está la pequeña grieta en el vidrio para esquivarla. Pero esta vez todo ha de ser diferente.

Estuvieron tanto tiempo planeando para lograr esa boda. Lecho nupcial bordado de mariposas, catafalco coronado de entorchados, ambos dignos de una princesa. Se pasaban los días dando fiestas en la casa, exhibiendo a la novia como una fruta olorosa y sutilmente tajeada para que madurase pronto, para que supurase de prisa sus últimas gotas de candor. Ella llamaba la atención por esa calidad especial que tiene su carne, hacinada en lo más alto del abismo como una escalera por la que suben y bajan los ángeles. Por fin apareció Juan Tomás. Luego de meses de insistencia, colocando el retrado del compromiso sobre la mesa de noche, invitando a la madre a tomar el té, colocándole al padre una copa tibia y dilatada en la mano, colocándosela hasta el fondo para injertarle el tallo fijamente entre el corazón y el anular como un sexto dedo de vidrio, de mirar por la ventana día tras día sin esperar ya a nadie, sin ilusionarse por nadie ella aceptó por fin el matrimonio envuelta en ese manto de calma e indiferencia en que se envuelven las estatuas griegas. No puedo llorar. Siento que de las esquinas de mis párpados comenzarán a escurrírseme dos hilillos de arena que por más que parpadée no podré detener. Las imágenes ondulan de un lado para otro dentro de las láminas del álbum, se cimbran, se borran, al pasar de una página a otra página.

La primera sospecha que tuve de que regresarían fue cuando vi que el almendro había empezado a abortar. Botaba los capullos todavía abrigados dentro de los sépalos y la terraza se cubrió de un día para otro con una capa de cascarones grisáceos, ennegrecidos por la punta. Barrí todo hasta dejar la terraza tan limpia como antes pero el árbol siguió abortando. Ese mismo día salí a la calle, reuní apresuradamente mis ahorros y compré el álbum. Me encerré en mi habitación y me senté en el catre. Me había dado trabajo encontrarlo. La piel tenía que ser de cabritilla blanca, de la misma que ella se había subido aquella mañana por los brazos hasta más arriba del codo y que yo mismo había ajustado con botones diminutos a sus muñecas. Me estremecí de pronto al pensar en aquella piel empolvada por dentro subiendo por su cuerpo, ciñéndola dedo a dedo como a un lirio, ciñendo sus manos de novia, adormecidas como pequeñas conchas en el cuenco tibio de su falda, ciñendo sus brazos de novia, reposados y plácidos, rodeando siempre las rosas talladas del respaldar de alguna butaca o de alguna silla igual que si sostuviesen un ramo, o yaciendo, frescos y tersos como tubos de nieve a lo largo de las sábanas. Pensé en ella luego de la ceremonia tendida en la cama, el vestido un ollejo de lirio arrojado al suelo, abortado allí como una flor de almendro y ella vejada, vapuleada, ensalivada pero intacta, respirando una mancha tibia sobre el espejo helado, en la boca un ramillete de palomas congeladas durante el orgasmo. No podía soportar saberla tan abandonada, a la deriva sobre aquellas sábanas deshechas de ira, turbias de un resentimiento sin márgenes, el intento descabellado de destruir aquel destino que nos había tocado, la necesidad de que pasáramos por la vida con el paraíso intacto. Dí un suspiro de alivio al pensar que por fin podría cumplir me cometido, llevar a cabo aquello que me dictaba no sabía bien si el instinto o la conciencia.

Cuando entré a servir a esta casa descubrí que vivir ya no me era necesario. El mundo de los hombres no era para mí otra cosa que un rumor sordo de voces, un estirarse de bocinas mongas por la calle, de pasos que se acercan y se alejan de la puerta sin ningún propósito. Antes de llegar aquí había vivido buscando el amor, obsesionado por la idea de encontrarlo alguna vez en el fondo de los ojos de los hombres, esperando tropezarme algún día, al pasar el cepillo para recoger la limosna en alguna iglesia, al encenderle una lámpara votiva al Sagrado Corazón, con un hombre que tuviese un corazón como el mío, una bomba botando fuego por la aorta, un corazón con el esqueleto de artillería sin astillársele todavía, un golpe de pólvora latiéndole dentro del pecho. Pero los hombres me temían, tenían los corazones carcomidos de caracoles, casi no se atrevían a tocarme. Si algún día aceptaban ir conmigo a mi habitación se conformaban con mirarme. Arrodillados frente a mí me achicharraban con ojos de chicharra impúdica, hundiéndomelos por todo el cuerpo sin el menor respeto, chichándome los oídos, la garganta, los tobillos a golpes, cachiporreándome sin atreverse a acariciarme, como si temiesen ser arrasados, devastados sólo de pensar que pudieran penetrarme. Entonces yo los rechazaba lo más tiernamente posible pero ellos se enfurecían conmigo, se ponían de pie vomitando insultos como gárgolas, maricón chupabichos, mequetrefe de mierda, santolete coge piedras hasta entre las guaretas y me golpeaban hasta dejarme sin sentido.

El día que la vi por primera vez la seguí por la calle hasta descubrir donde vivía. Al poco rato toqué a la puerta y me abrieron. Dije que estaba buscando empleo, enseñé mis mejores credenciales, no sé lo que me hubiese hecho si me hubiesen negado la entrada. Me asignaron una habitación al fondo de la casa, un catre de hierro, una silla y sin ventana. Cuando me puse por primera vez mi uniforme de sirviente me aboté hasta el cuello las solapas de hilo blanco de la chaqueta como si me fijara al pecho dos alas almidonadas. Me miré al espejo y pude ver que el corte sencillo me iba bien a la cara, destacaba esa calidad de clara batida que tiene mi piel, a la vez dura y liviana, cercenada por un solo golpe de la espátula. Me puse mis guantes blancos, de rigor para todo buen sirviente, pensando que en adelante quedarían borradas todas mis huellas, agradeciendo de antemano la distancia que ellos pondrían entre mi cuerpo y lo que tenía que hacer.

Los señores depositaron en mí la responsabilidad de cuidar a su única hija, a punto de contraer matrimonio, cuando me colocaron a su servicio. Tan consentida que está, Dios mío, tan ingenua y entrando ahora en esa etapa tan peligrosa en que entran todas las novias, en esa etapa de espejo que de nada se empaña, al menos hemos encontrado un capeador capacitado de los caprichos de la nena, que no le pierda ni pie ni pisada, que en Dios la acueste y en Dios la levante, velándola para que no se nos descocote por el escote, para que no se nos encocore con su crica de cocolía bailando demasiado pegada de los hombres, protegiéndole la cricasálida, abullonada y pura como un copo de cotton candy debajo de sus faldas de tules, protegiéndola hasta que llegue el día de la boda y ella acabe de convertirse en novia, en ese ser perfecto y angustiosamente frágil que ahora sólo yo podré eternizar, en esa luna llena que ahora sólo yo podré fijar en medio del cielo, en esa ola monstruosa y erguida en picos, detenida por mí antes de golpear la costa.

La primera vez que le serví estaba sentada en la silla que le tocaba en el comedor. Me incliné hacia ella con los ojos bajos, la mano derecha doblada detrás de la espalda en un gesto de rigurosa etiqueta y le ofrecí la bandeja desbordada de vegetales perfumados con la mano izquierda, colocándosela cuidadosamente entre el oído y el hombro, en ese sitio exacto donde ella pudiese ver y oler los manjares ofrecidos sin tener que volver el rostro, sin tener que girar la cabeza sobre el cuello un solo grado para hundir la cuchara en el lago de mantequilla empozada al pie del árbol de plata, ajena a la angustia que me producía saberla tan cerca y sin embargo tan lejos, igual que si la estuviese soñando de nuevo, inclinándome fuera de las córneas de mis ojos para volver a mirarla comprendiendo que ella me había reconocido, que ella sabía que yo la había soñado porque ella me había soñado a mí, me había perseguido por esa calle paralela a la mía al otro lado del vidrio, había adherido su boca trompa de mosca a la otra cara del muro tratando de besarme, había machucado el vidrio con puños de culo de gallina tratando de romperlo, se había arrodillado innumerables veces frente a mí apretando palomas tibias entre las piernas hasta reventarlas, tratando de taparme la cara con sangre, con estrellas de esputo caliente sin poder alcanzarme.

Los días que siguieron a nuestro primer encuentro fueron nuestro paraíso. Yo preparaba los manjares de la boda con dedos de hada, urdiendo redecillas de almíbar alrededor de los bizcochos igual que si los tejiese alrededor de su pelo, planchando trozos de caramelo astillado sobre las pieles de los flanes como si los planchase sobre su carne, sellando lo más delicadamente posible el párpado tierno de las empanadillas con las puntas del tenedor igual que si le sellara a ella los párpados. Cuando comenzaron a llegar los regalos los fui colocando uno a uno en su habitación. Me gustaba observar cómo caían al suelo los lazos de plata fruncida, las cintas que ella desataba fríamente con las puntas de los dedos, enroscadas aquí y allá como pedazos de flauta.

Pero ella nunca estaba contenta. Me miraba siempre con la

misma sonrisa de desdén, implacable ante todo lo que no fuese perfecto. Cuando por la mañana yo le llevaba la bandeja de café con leche a la cama hacía siempre un mohín de asco, porque el café que yo le preparaba le sabía a café de cafres, porque la jalea que yo le servía le sabía a ralea. Me ordenaba a gritos que le preparara su baño de sanguaza de malagueta, que le brillara sus zapatos de charol hasta que relucieran como cucarachas, que le bailara una y otra vez, para distraerla en sus tardes de aburrimiento de niña rica, la danza "De tu lado al Paraíso".

Empezaba entonces a husmear a su alrededor quejándose de que algo le apestaba, que investigara si el servicio estaba tapado porque morrocoyo viene de morraya y eso era lo que yo era, morraya, mampostial cagado por el diablo, marrano supurado de almorranas y por eso marrayo te parta, indigno de atar la menor trabilla de mi sandalia, indigno de lamer el suelo donde ella, si quería, cagaba. Yo guardaba sus palabras en las entretelas de mi corazón, las envolvía en las gasas más tiernas de mi carne como Lázaro antes de resucitar, antes de empezar a sangrar de nuevo. Escuchaba sus palabras y me sentía feliz porque sabía que ella me amaba, que ésa era la única forma que ella tenía de declararme su amor.

Por eso la mañana antes de la boda entré en su habitación como si entrara al paraíso. Hilo entonces el hielo deshecho de sus sábanas, recojo con dedos delicados los encajes de sus almohadas que siempre se le deshilachan un poco durante la noche, recojo uno a uno los vellos rubios de su sexo, como desprendidos de una gran cebolla dorada, y los oculto dentro de mi pecho, recojo las piezas de ropa intima que ha dejado caer por todas partes, sobre las sillas, debajo de la mesa, encima de la cama, esas membranas de entrañas de mamey que le cubrían los muslos, los telares adhirientes que cubrían esa herida de guamá que lleva hincada entre las piernas, las cuevas de guano que oculta debajo de sus sobacos, recojo las copas del brasier, ahora ya vacías de la pulpa de su corazón, lo doblo todo amorosamente y lo guardo dentro de las gavetas. Entro entonces a la sala de baño y abro la llave de la bañera para restregarla. Miro el remolino de agua y pienso en su cuerpo, en esa piel que detiene su carne como un cedazo para que no pase, para que no se deshaga en un chorro de leche inútil y pasajero, forzándola a quedarse más acá de los poros, haciéndola palpable, dándole peso y forma, cuajándola en el tiempo. Pienso en cómo yo la había soñado tantas veces creyéndola hombre, buscándola hombre, ocupando el espacio con el órgano impudorosamente erecto, obvio como un dios menor y sobreestimado, acostumbrado al rito consuetudinario de ser adorado, de ser acariciado en redondo, doblado de dolor tan públicamente para probar que sí puede, que el cetro del mundo no le ha sido arrebatado todavía, que todavía puede ordenarle al sol que se oculte y a las estrellas que inunden el cielo de semen con mover un solo dedo de la boca bicho, que todavía puede ponérselo a las mujeres, pisarlas hasta dejarlas cluecas de placer, hasta ponerlas a gritos de rodillas en el cielo, dejarles las pulpas de los ojos majados a mamerrazos de berenjena, sentarlas en la popeta una y otra vez hasta dejarles la chocha chonga, hasta dejarlas chuecas, chumbas y choretas, ordenadas en hileras de muslos, mondas, ñocas y lirondas, alineadas en ristras enchuladas de chuletas que caminan por la calle entrechocándose la chocha, amansadas, entregadas por fin, comiendo de la mano como palomas tiernas, chupando extasiadas la yema sagrada del padre, del hijo y del espíritu santo hasta el fin de los siglos, putrificadas para siempre en carne de putas para que ellos puedan seguir siendo santos, para que ellos puedan seguir marchando en los ejércitos de san josés, la vara eternamente florecida en la mano, en esos defensores de las esposas encinta, preñadas por el oído con un beso de lengua y ahora la descubría todavía novia, todavía virgeputa intocada y por lo tanto salvable. Levanto entonces la tapa del servicio, ese ojal suave donde ella deglute sus gluteos golosos de miel y lo restriego todo cuidadosamente, hundo hasta el fondo de la taza el cepillo de cerdas de seda como si lo hundiese hasta el fondo de su garganta, pensando, al meter la mano para tocarlos, en la poca diferencia que hay entre los hilos de miel que ella orina y los hilos de hiel que supura por la comisura de los labios cada vez que me habla, metiendo la mano para aburar con mis dedos los grumos anonadados de su mierda, amasándolos con ternura porque sé que ésa es la materia más antigua de su soledad, amándola con más fuerza que nunca al saberla tan avara de su propia podredumbre, tan valerosa y soberbia a pesar de vivir cargando, enroscada como una culebra hedionda, su propia muerte dentro del vientre. Deseando consolarla de ese conocimiento que todos adquirimos desde niños al vernos cagar nuestra propia carne podrida prematuramente, reconociendo que aunque lograría eternizarla, jamás iba a lograr consolarla, lograr que aceptara, serena y conforme, el paraíso que nos había tocado.

En cuanto supe que los señores regresaban comencé a limpiar la casa con una furia de azote. Sacudí los vientres de las cortinas hasta reventarlos contra el techo, bruñí los pisos de mármol, los rebané sin compasión en lascas barnizadas de carne, resbalando arrodillado tomates de piedra adolorida sobre la superficie lisa, empujando el trapo de bayeta con los socos de las muñecas hasta quedárseme los bofes pegados de las palmas, abrillantando las llaves del agua para que rutilaran en la noche como estrellas, acharolando las rosas talladas de los muebles con aceite de coco, con aceite de limón, con aceite de sándalo para que cuando ellos lleguen los reciban más cómodamente, el contorno de la madera o del tapizado acoplándose al contorno de sus cuerpos, amadrigándolos en paz, guareciéndolos en su seno.

Ahora han estado esperando que sean un poco más de las cuatro de la tarde para invadir la casa. Amigos y familiares los acompañan desde el aeropuerto en un lento cortejo, contorneando las aceras, arrenmolinándose en las equinas, destorciéndose por la calle en una cola espesa de flores. Ya siento los automóviles llegando, los pasos subiendo por las escaleras. El álbum está sobre la mesa. Demasiado obvio para que no lo noten, demasiado evidente. Se han intuitivamente puesto en fila, formando un ejército tijereteante que va entrando por la puerta. Las damas han ido al salón de belleza, los peinados tiesos de laca en orden perfecto, ni un pelo fuera de sitio. Pasa una cabeza de rizos diminutos y simétricos como un tazón de caracoles de pasta. Pasa un casquete de charol anudado en la nuca. Pasa un panal barroco trasudado. Todas estrenando, hilo, seda, trajes negros. Joyas, por supuesto, el erizo de perlas y brillantes justo aquí, en la solapa, donde más gracia hace a la cara, el collar y la sortija haciendo juego, el conjunto de patitas movedizas que sacuden por la punta gotitas de brillantes. Van sentándose en la sala. La conversación es animada, se desplaza como una nube de insectos al atardecer en la playa, por entre las alas inquietas de los abanicos. Las damas sacan pañuelos y se secan lágrimas, gotas de sudor, se enjugan las mejillas, el cuello, las sienes, lloran por todas partes, por la comisura roja de los ojos, por la espalda, por entre los muslos, los lamparones adensan la seda, la hacen más negra, la brotan de destellos de sal, de miles de cabezas de alfileres. Vestidas ahora de granito negro ellas se hacen señas, susurran, gimen, se cimbran unas hacia atrás y otras hacia adelante en pequeños coros, rutilan absolutamente seguras de sí mismas, hablan, hablan todo el tiempo, mueven lenguas por las puntas de los codos, dentro de los escotes, detrás de las orejas, llevan una lengua estuchada en cada uña. Yo voy pasando entre ellos las bandejas tintineantes, los vasos helados de refresco de limón atrapados instantáneamente, engrifados.

Los señores se han dejado caer a plomo dentro de las butacas que exhalan un perfume mustio, de plumas que no han sido removidas en mucho tiempo. Me piden café, me piden té, me piden aspirinas. Las damas de granito negro se acercan, compartimos, padecemos, acompañamos en la pena, queridos, lo que los queremos, no los habíamos vuelto a ver desde el día de la boda, ese entierro tan súbito, nadie se enteró hasta que ya fue demasiado tarde y luego tanto tiempo de viaje, dicen que tuvieron que recoger los sesos que dejó desparramados por el parabrisas, que la segunda sacudida la arrojó contra el vidrio y que los hilos finísimos siguieron hendiéndose, ramificándose a su alrededor durante mucho rato después del accidente, desgranando pedacitos de esmeril sobre su cuello, sobre sus hombros igual que si la escarcharan, los azahares de la corona, el vestido cubierto por miles de lentejuelas nuevas, filosas, dentelladas, como llamas, como cierzo. Parecía que alguien hubiese querido congelarla, preservarla para siempre igual que se veía entonces, el vestido de piel de ángel cuajado a su alrededor como un remanso, la cabeza torcida boca abajo, ahogándose en el torrente de su velo. Pobres, lo que los queremos, lo que lamentamos, queremos compartir la pena, movernos a lástima, recordarla, a eso vinimos. Imposible, hemos destruido todas las fotos, todos los regalos, todos los recuerdos, no queremos saber nada del asunto. He logrado por fin hacer que reclinen las cabezas sobre las rosas acharoladas de las sillas, que hundan los zapatos en los vellones suavísimos de la alfombra, cierren los ojos, no hablen más.

De pronto alguien descubre el álbum sobre la mesa. Lo examinan, lo sostienen por el canto sin atreverse a abrirlo, cómo ha venido a parar aquí, sorprendidos, asombrados, la memoria un hueco empedrado de golondrinos, sofocarla bien con fomentos calientes, rociarla arribabajo con vinagre, hacer gárgaras de creosota con ella. Pero no pueden remediarlo, va pasando de mano en mano, se acurruca en el hueco del brazo, se tiende, dócil, debajo de las palmas, no pueden resistirlo, lo han abierto al fin. Van de grupo en grupo al principio entorunados, rezongando, mostrando de mal humor las escenas deslumbrantes, poco a poco con más entusiasmo, engranándose en la curiosidad ajena, las bocas inundadas de saliva, observando cómo la novia se somete una vez más a los quehaceres de mis manos que no cesan, que no se detienen ni por un momento, van y vienen diligentes, ardorosas, palpitantes como insectos, siempre con un propósito exacto, dejándose colocar por mí el anillo de galaxia alrededor del anular con una familiaridad impudorosa, dejándose estirar la cola de lirio detrás de sí hasta que la obligo a formar un pistilo con su cuerpo, dejando que le acomode las capas de hojaldre polvoroso alrededor del rostro, observando mis ojos que la observan desde el fondo del panal como abejorros blandos. Las láminas relampaguean, saltan, lascas de cera hirviente se les adhieren a las manos, a la cara, a los brazos, tratan inútilmente de arrancárselas pero no pueden, se han quedado mudos, sin lengua que agitar en boca, en poro, en ingle, ni en sobaco, retorciéndose tratando de escapar, desmembrados.

Poco a poco los grupos de amigos y familiares se han ido levantando, besitos, cariños, palmaditas que suenan a muñecas que ya no pueden con la colgadera de monedas, máscaras ya un poco derretidas, colocadas con infinito cuidado sobre las caras frente al altar del espejo, los pinceles untados en los últimos productos de Revlon. Esta casa tan rechinantemente limpia, parece que lo hubiesen hecho a propósito para que nos fuéramos pronto, para hacernos sentir incómodos, las alfombras suspiran cuando les enterramos los tacos, la piel de los pisos se rasga con los clavos de nuestros zapatos, han regresado con tanto recuerdo a flor de piel, enquistados a la cintura como racimos de culebrilla púrpura, llorando por todo, mesándose los cabellos por todo, sintiendo a cada momento un quejido trepándoles por la garganta. He comenzado a empujarlos disimuladamente en dirección a la puerta, las damas han terminado de rezar el rosario, ahora lo guardan con un clic preciso en sus estuches de filigrana, en forma de corazón o de mariposa, de porcelana de limoges con pastoras columpiándose al final de largas cuerdas de flores, tendrá que cuidarlos mucho, pobres, todo esto ha sido demasiado fuerte para ellos, menos mal que lo tienen a usted hoy que ya nadie tiene sirviente, usted sabrá qué hacer para ir consolándolos, servirles su potaje calientito cuando salgan de la habitación, llevarles una tacita de té de tilo o de guanábana servida en bandeja con doile albo, de organdí o de linó cristal para tranquilizarlos, alguien se pasa la punta de la lengua por los labios resecos, qué calor, son una pejiguera estos pésames, al menos vimos el álbum, son tan hermosos siempre los álbumes de boda, las novias tienen algo tan misterioso y a la vez albicante, algo que fuerza a uno de pronto a parpadear, a llevarse una mano a los ojos como para protegérselos de algún alud de nieve, de algún derrumbe de calicanto. Caminando arrastrando un poco los pies, las piernas a pedacitos tembluscos, calamitando, me acerco a la puerta y les abro.

A los pocos días del velorio los señores se sintieron mejor y decidieron que no era saludable seguir viviendo en la casa. Resolvieron irse a vivir a un condominio de moda con incineradora, trituradora, elevador para perros y bañera romana. Fue entonces que mi corazón entró en la casa como un corazón de hierro. Retumbando. Latiendo a golpes. Entrechocándole pelotas de pólvora por todas partes. Explotándoselas dentro de los ojos, dentro de los oídos, dentro de la boca para desvirgarla, para reventarle por fin esa piel de vidrio, esa cáscara de niña bien tan cuidadosamente esmerilada, tan repugnantemente dulce en que la habían envuelto. Reventándola para que sintiera, para que participara, sumergida durante tanto tiempo dentro de su estuche como en el fondo de una agua azul, preservada de todos los dolores del mundo. Desgranándola poro a poro igual que un velo, entrando en ella para arrasar con sus muslos, su cuello, sus brazos hasta convertirla en una montaña de polvo, luminoso y cortante. Ahora ya no queda de ella más que un solar baldío y este extraño bienestar que siento al abrir la puerta del condominio y acomodarme yo también en el cubículo que me pertenece. Aquí podré hojear tranquilamente las láminas del álbum para seguir edificándola, para seguir segregándola pared a pared, celda por celda. Aquí podré labrar y relabrar en paz, sin prisa, borrar y repulir, podar y retallar cien veces su imagen de la novia perfecta, arrodillada para siempre en el reclinatorio de seda china, frente a la custodia de brillantes. De pronto me he quedado mirando esos ojos que han venido observándome desde que comencé a hojear el álbum, semiocultos detrás del torrente du su velo. Entonces me detengo porque sé que mi búsqueda ha terminado, sé que por fin me ha reventado por el costado y me ha obligado a nacer, a reconocerme, como ella, intocado e intocable, detenido en este momento de éxtasis en que me seduzco a mí mismo amándome, mamándome, fellahín libélula alargada volando en círculos, prisionero ululante de mi propio fellatio. He caído de rodillas y he comenzado a rezar. He aquí el ángel del señor, haced de mí según su palabra, soy de oro y oro una vez más porque juntos hemos descubierto la hora del ángel, soy unánimemente verde, arrancado de la rama antes de tiempo, mi carne no conoce ni de venas ni de redes ni de riendas, soy orándome, oradándome, oradándomela meticulosamente, acercándome cada vez más a ella en la ora de su muerte, en la ora de mi muerte, la muerte de la novia y la de su sirviente, desterrados para siempre al mismo cielo.

Maquinolandera

Nosotros, los maquinolanderos, somos los que somos, señores, venimos, los maquinolanderos, en nuestra maquiná.
Nosotros, los chumalacateros, ecuahey, venimos hoy aquí,
señores, a vaticinarlos, a profetizarlos el día de San Juan.
Nosotros, los vates de San Clemente, los profetas del mon-
dongo encocorado de los cueros de los congos, nosotros los
gozaderos, los bendecidos, los perseguidos por los agentes de
la ley, venimos a divinarlos, llegamos a lucimbrarlos, venimos a lunizarlos hasta hacerlos dar a luz. Maquinitamelleva,
gritamos, mellevelagozadera, soneamos, seformólachoricera,
bombeamos, bajo el mando de Ismael. Nosotros los condena-
dos, los jusmeados por los jocicos jediondos, los jodidos por
las jetas joseadoras de los agentes de la ley. Nosotros, los
cucaracheados por los escondrijos, los evacuados por los cana-
les de los arrabales donde nos solemos estar. Nosotros, Ray,
Roberto, Willi y Eddi, Dios los cría y ellos se juntan, bajo el
mando de Ismael. Ismael el bendito porque Dios lo escucha,
tiende su lomo frente a él y le dice pégame, pégame duro mi
amor, qué rico suena mi tambor. Ismael bongocero, dale que
dale y tumba que tumba, pegándole al cuero de Dios. Ismael

Nazareno, el cristo negro del pueblo, clavado a la cruz de Celia con largos clavos de plata, haciéndolos revolverse, haciéndolos retorcerse, haciéndolos rebelarse con alta fidelidá. Maquinitamelleva, gritamos, maquinitolandera, tumbeamos, chumalacatera, bombeamos, bajo el mando de Ismael. Ismael el llamado nos llama, señores, Ismael nos junta, nosotros, los cazadores de ballenas blancas preñadas por Dios. Nosotros los ajusticiados, los soneros songorosos de los sones del sollozo, pegándole a los bongoses con manos de sangrasa, con caños de cañones fétidos por el fandango del muladar. Nosotros, los sonsacados de prisión por obra y gracia de la cruz divina de Celia, la diosa del ritmo, la agitadora, la Químbaracúmbaracumbaquímbambá, meando desde el fondo de su garganta el melao ardiente de su voz para purificarnos, para latigarnos con la furia destorcida de los intestinos de Dios. Nosotros, los chumalacateros, maquinistas carboneros de este último holocausto en que todo ha por fin de estallar, venimos hoy aquí, señores, a hacerlos venirse a todos, a hacerlos rebelarse, a hacerlos revirarse, en nuestra maquiná.

Me quedo inmóvil sobre el piso de mi celda y las escucho, puedo vagamente escucharlas, pongo mi oído sobre las losas y las oigo cantando, bailando, envueltas en el vaho rítmico de mi respiración, en esa humedad tibia que me crece alrededor del rostro desde el cabello a la barba haciéndome invulnerable, surgiéndome de ese tufo invisible en el calor que siempre me precede, anunciándome, preparando el aire que he de atravesar segundos más tarde para afirmar mi existencia, para asegurarme de que todavía vivo, de que todavía puedo insuflar mi aliento dentro de sus bocas de otra manera cerradas para siempre, adheridas por esa podredumbre hacia adentro que suele ser el comienzo, el principio, oculto y secreto, de toda descomposición. No tengo prisa. La calma me nieva desde la frente y me blanquea la barba, me algodona la curva blanda de la boca. No tengo prisa. Cierro los ojos y las veo atravesando celda por celda las galerías de los años que he pasado aquí, sepultado vivo en la cárcel de las tumbas pero siempre soñando, soneando, improvisando mi retorno al mundo en cuerpo y alma, en nota y palabra, buscando con serenidad la frase exacta, la superficie precisa que separe mi rostro del vacío. Definiéndomelo en la oscuridad con las yemas de los dedos para saber dónde comienza, de dónde nace ese espacio que ocupo brotándome hacia adentro, palpándomelo una y otra vez para reconocerme, para escucharme Ismael hijo de la sirvienta doñamargotrivera maquinitolandera que componía canciones en casa del amo rico, para escucharme el confinado de la tenia grande que todo lo devora por la soledad del vientre, el encalabozado en solitaria por los siglos de los siglos.

Todavía no sé dónde, cuándo, aprisionadas en medio de cuál compás, entreparadas, orgullosas y rígidas, entre las cuerdas de acero de cuál pauta quedarán pronunciadas, fijadas para siempre en la inmovilidad de cuál oración todavía dispersa, colocadas en esa secuencia que sólo yo podré adivinar, precedidas por palabras todavía ignoradas pero reinando entre ellas, perniabiertas y obscenas, vomitando de cuajo toda la vida que cantan por la boca, absolutamente seguras de su poder. Desde ahora puedo decir que desconozco el orden y que no me importa, me tienen sin cuidado la coherencia y el sentido. No sé si mamá la traerá con ella, cantándola tranquila por las cuestas recostadas de la Calle Calma, o

si la traerá consigo Celia, cargándola desde el Levante. No sé
si olfatearé su tufo por entre las axilas de xilantrillo de Ruz, o
si percibiré de golpe su presencia en el fragor infernal de los
socos de Lhuz. No sé si esperaré su triunfo ante el espectáculo giratorio de Yris, ante ese escándalo de su carne vale girando a cien revoluciones por minuto por el Madison Square
Garden, o si la vislumbraré por las carnestolendas de su fama,
encendiendo a las muchedumbres en Alaska. No sé si enten-
deré por primera vez el sentido en la hermenéutica de sus
nalgas, repicando alegremente por entre los tambores del
Congo, o si sentiré por fin su calor ante esa sereta que cae, fla-
meando, desde Puerto Rico al mundo, en una aureola de
fuego por sus espaldas.

Rodeado por las paredes de mi celda, no existe para mí
otro espacio que el que ocupo, he olvidado el paso del tiempo. Nada se interrumpe, nada comienza, nada termina. Sólo
me importa inventarla, o lo que es igual, encontrarla. Perse-
guir día a día su rastro como el de una fiera en celo, ese trazo
grasiento que va quedando untado a su paso por la tierra, ser
testigo suyo a cada feroz encuentro con el amor, o lo que es lo
mismo, con la muerte, percibir a distancia el hedor de aquellos que han dejado de amarla y que ahora será necesario
exterminar, de aquellos que insisten en olvidarla porque
desean seguir inviolados, cauterizados todos los esfínteres
pero moribundos, goteando gota a gota la podre por los abismos de adentro.

Ahora Ray va a la cabeza, Ray nos dirige, los dragones
relampagueándole muslo arriba por las costuras de los pantalones, lentejueleándole mar de llamas por las espaldas de la
chaqueta, nos indica el camino con la trompeta, se ha puesto

un dedo sobre los labios para indicarnos cautela, nos obliga a arrodillarnos dentro de las zarzas para ocultarnos, cardos de hierro nos desgarran las canillas, cadillos de acero nos adhieren los codos, desviándonos encorvados para internarnos por los senderos enmohecidos, infernándonos por la maleza, separando con brazos abrasados las ramas erizadas de cobos humeantes, de jaibas de azufre para poder pasar. Yris, Ruz y Lhusesita se nos han adelantado, veo sus huellas por el lodo adolorido. Esperan, pacientes, sabiendo que llegaremos a su lado, se han dejado llevar mansamente hasta la orilla de la playa. Daniel, Santo Dios, Santo Fuerte, Santo Inmortal, las acompaña, Daniel, líbranos Señor, ahora y siempre, de todo mal, va el primero, moviendo inquieto sus hombros de toromata de lado a lado para abrirles trocha por entre la chatarra mohosa, adentrándose frente a ellas por entre la selva de metal humeante, manchándose indiferente el traje de hilo blanco con la sangre enmohecida de los troncos, hinchando ante sus ojos su pecho de anacobero para darles valor, para embravecerlas ante la presencia de esa arca sagrada donde duerme la anaconda de su voz, donde se resuelve, todavía tranquila, la guanabacoa carnosa que le sale a mordidas suaves cuando canta por la boca.

Enciendo la radio y escucho la misma voz de siempre, describiendo árboles que abortan frutas y manantiales que despeñan espuma de nitrato de plata desde lo alto de los montes. Abrumado por las repeticiones aburridas he comenzado a verla desnuda, sentada sobre la tarima recién pintada de blanco, la boca abierta como si fuese a cantar. El aire huele a dientes quemados y a uñas chamuscadas dice la voz, mientras voy observándole detenidamente el cuerpo pero no alcanzo a verle la cara, se la esconde continuamente entre las manos, se la enjaula en una celda de uñas sangrientas. Un chorro de sevenup la baña súbitamente frío, goteándole la quijada en el aire como un sexo rasurado con blueblade. El mar agita olas de helio y las playas aletean de peces muertos, repite la voz. Las gotas han comenzado a salpicarle el cuello, rodeándoselo de una gola de moscas gelatinosas y resbaladizas, el semenup salpicándole ahora los hombros desnudos que espeta en el aire con desafío, salpicándole los pechos compactos de hielo pulverizado en bolsas de goma. La tierra se desmadra de sus entrañas, se derrite en toneladas de vísceras por los costados humeantes de los montes. La voz es ahora un zumbido que rebota de las paredes de mi celda y me perfora los oídos, me hace verla más claramente, el semenup escurriéndosele por el vientre acezante de pulmón de vaca, grosera y hermosa a la vez.

Roberto se nos ha adelantado, nos ha sacado gavela. Nos hace comprender que es imprescindible llegar rápidamente a la playa, nos abre el camino derritiendo la maleza de metal con el lanzallamas de su flauta. Las llaves plateadas se hunden bajo sus dedos para chorrear fuego sobre los chasis desarrajados, sobre los caparazones volcados de los carros, destripados de asientos y cristales, sobre los carburadores carbonizados que no nos dejan pasar. La procesión nos alcanzará pronto, podemos verla ya reflejada al revés en las peras negras de los lentes de Roberto, adivinamos su cercanía el la ondulación apremiante de su cuerpo, en los pálpitos violentos de su camisa de satén de berenjena. Ellos llegarán primero, podemos verlos desde aquí arrastrando con desgano la tarima de tablas recién pintadas donde tomará lugar el espectáculo, el escenario donde ellas cantarán más tarde para distraerlos.

Bamboleando sobre los hombros la imagen de yeso de la Virgen al vaivén bembeteado del cura español, comboyando, baboyando a la fuerza el Virgen, Virgen María, Madre de Dios, subiendo y bajando las lomas de vinyl verde, el camino chicloso emplegostándose a las suelas de los zapatos. Nosotros, los chumalacateros del Señor, somos los que somos, señores, los vemos, vienen por el camino, de lejos los divisamos, vestidos de aluminio, calzados de zahorra y cubiertos de sarro. Salen de sus casas, nada los asusta, nada los arredra, como son las cosas, señores, como son las cosas, se acercan al mar. Se notan inquietos, removiendo los hombros por debajo de los capacetes de hierro, olisqueando el paraje con máscaras de hocico de perro, escudriñando, sospechosos, los vahos de monóxido de carbono que tendrán que atravesar antes de llegar a la playa. Empecinados en ver el mar como si fueran a verse el alma, empeñados en verlo retorcerse por entre las rocas de hierro, hediendo, humeando, hirviendo, hasta el confín del cielo. Ocultos por la maleza podemos verlos pasar por entre las filas de los agentes, por entre los viciosos de la fuerza de choque, por entre los narcotizantes y los estupefacientes, los armados de telescopio y retrovisor. Sabemos que todos los caminos estarán clausurados, atestados de escuadrones cargando metralletas, las cinturas fruteidas de granadas polvorientas, los cascos empujados hacia atrás como bolas de ojos en blanco.

Me levanto del piso y me tiendo sobre el camastro, cierro los ojos y sonrío. Recorro con la memoria los seis pasos norte cinco sur que constituyen el perímetro de mi mundo y me siento contento. No tengo prisa. La calma me nieva desde la frente y me blanquea las manos. Examino despacio las cuentas del rosario de hierro que cuelga a la cabecera de mi cama. Respiro el perfume de las varas de azucena que se han ido doblando, marchitas y en desorden, frente al retrato de mamá. Lo aspiro deliberadamente y lo entremezclo al del pitillo que siempre me perfuma los labios, al de esa grilla azul que me ilumina los ojos, me los empolva de cenizas dulces, me los espacia de distancias deliciosas. Los tallos se sumergen en el agua descompuesta como astillas atravesando un ojo turbio. Dejo que el perfume que las flores muertas y asebadas rezuman en su honor me adormezca, me enmarañe las pestañas del sueño. La azucena es una flor que sale, pienso, los capullos se agrupan unos junto a otros como dedos de lagarto tierno. Algún día sabré cuál es, cómo es, algún día habré terminado de inventarla. Aspiro el perfume azuloso y logro comenzar a pensarla de nuevo, quebrando con deleite las azucenas marchitas por lo más delgado del tallo como si le quebrara a ella las coyunturas frágiles, acariciando las largas varas verdes de sus huesos que se retuercen furibundas bajo mis manos, cubierta toda de estrellitas podridas y de guantecitos muertos, contemplándola florecida al fin, sembrado todo su cuerpo por los orgasmos de la muerte.

Sabíamos que sería difícil pero no imposible, señores, nosotros, los maquinolanderos, lo habíamos planeado todo tan minuciosamente, habíamos aceitado todos los cilindros, todas las turbinas, todos los gatillos de nuestra maquiná. Espueleábamos las poleas, girábamos las correas, ensayábamos una y otra vez las figuras que habríamos de ejecutar. Sabíamos que habían colocado nuestros retratos dentro de todas las tazas de todos los orinales públicos, sobre los fuselajes fugaces de todas las guaguas, en los paños de cal viva con que habían calafateado toda la ciudad. Sabíamos que rostros prehensores nos acechaban, ojos olfativos nos rastreaban, rotenes de roto-rooter nos rotaban, nos impulsaban vertiginosamente a actuar.

Ahora vemos a Willi que ha tomado el mando, la barba le brilla de brillopad caliente alrededor del rostro, lo arropa de pronto en filamentos de fuego porque el sol se la prende, es el mismo sol de siempre, incrustado en el cobalto sin nubes pero Willi lo desafía el primero, levanta las palmas para enseñárnoslas, esas palmas benditas con que le pega a las congas, tumbeando, quinteando, haciéndonos bailar la seguidora bajo el emborujo de sus manos, seguirlo hasta arrastrarnos junto a él sobre la arena candente, metiéndonos corazones a cada golpe, pequeños odres de odio un poco arriba a la izquierda por todo el cuerpo donde conecto conecta viene la bola para home el puño puñeta de los agentes en nuestra carne indefensa, haciéndonos recordar la baba caliente de los lobos que nos salpica, que nos ha sal picado en tasajo durante siglos. Nosotros, los maquinolanderos, Ray, Roberto, Willi y Eddi, los soneros songorosos de los sones del sollozo en medio de la noche huyendo, en medio del miedo huyendo, en medio del huye huitinila huye huyendo, los nietos del gran becerro los becerrillos mordiendo molinetes de talones blandos en medio de la oscuridad huyendo, haciéndonos recordar las persecuciones pasadas, entasadas, hacinadas unas sobre otras hasta desembocar en esta, en la montería mayor de nuestro son montuno, en la cacería carnívora de nuestro canto, en este hacernos cundir como la verdolaga por entre el ramaje del mangle.

Cierro una vez más los ojos y los abro, parpadeo sólo de hora en hora, como los lagartos. El humo de las azucenas me sube por el pecho, me invade en una marea cada vez más lenta, me sale en grumos perfumados por la boca. Ahora puedo ver sus rostros frente a mí, ondulantes y transclúcidos, reflejados en el agua que se va aquietando, asentándose hasta el fondo como el sedimento de un sueño. Veo el limo crecerles al fondo de los ojos y darles una frescura imprevista en las cuencas de la mirada, las bocas de las trompetas me miran verticales desde el fondo, todavía opacas y manchadas de verdín. Casi puedo sumergir la mano en el agua y tocar con las puntas de los dedos el trombón de Ray, la flauta de Roberto, los tambores de Eddi, los timbales de Willi, los bongoses que siempre llevan con ellos para cuando yo regrese, para cuando me les una en un día cualquiera en cualquier cafetín y me les siente a su lado. Permanezco absolutamente inerte sobre el camastro, los ojos cerrados, las manos y los pies colgando por los bordes como peces muertos para hacerlos surgir con más fuerza, escoltándolas de lado y lado por entre las zarzas. Yris, Ruz y Lhusesita, quizá también Celia y mamá, caminando tranquilas junto a ellos, sin saber sobre las espaldas de cuál llegará montado el ángel, en cuál de sus rostros acabaré por beber boca abajo el aliento, en el fondo de cuáles ojos acabaré por encontrarla al fin. Sarnoso y realengo, por las huellas de cada una de ellas persigo su rastro, olisqueándolo sanguinolento por las calles de La Perla, por los riscos de latones del Wipeout por donde pasan tumbeando, quinteando, saltando felices de Barrio Obrero a la Quince un paso é, hasta la zona turística. Me quedo inmóvil, hundido en el fondo de la sábana como en el vientre de un banco de niebla. Yris, Ruz y Lhusesita esperan, pacientes, rezan aves a la Virgen, se peinan unas a otras, se untan una gotita de perfume detrás del lóbulo, beben una copita de licor, aguardan la orden de subir a la tarima para dar su show.

Willi se descubrió el primero, saltó enloquecido por las congas fuera del mangle. Ahora se ha derrumbado, se arruga frente a nosotros en un viroteo de viruta, se carboniza ante nuestros ojos en bonzo anaranjado orlado de luto, empedrado arribabajo de carbunclos. Los cueros de las congas saltan a su alrededor en chicharrones dorados, un agente apagó el lanzallamas apretando el botón con el índice. El altoparlante recita tranquilo Virgen, Virgen María, Madre de Dios, las flores plásticas de los flamboyanes humean pétalos aceitosos y flexibles, las ramas de neón de las playeras eléctricas encienden y apagan racimos de uvas multicolores, el viento remueve hojas de goma estampadas a presión. Una línea de azul intenso forma un recuadro alrededor del estrado, aquí y allá una placa dorada, una esquirla de visera, un botón de uniforme destella al sol. Al centro, una masa gris removiendo la arena, un tintineo de cadenas, unos ojos cautelosos espiando las zarzas.

Ahora es Eddi el que nos dirige, Eddi detonando la batería de los timbales mientras va pasando entre nosotros, ofreciéndonos a cada uno una lata de sevenup, levantándola a contrasol y borboteándonos el chorro de almíbar gélido contra los dientes, derramándonoslo por la barbilla, por los resquicios cosquillosos de la boca. Es Eddi el que nos hace calcular la distancia que nos separa de la capa de molletes muslos moflers frenos tapabocinas volantes latas latitas latones inscritas please don't litter dispose of properly que arropa totalmente la playa y cubre los pies descalzos, los zapatacones de acero de los enfilados alrededor.

Nos sonreímos. Nadie ha notado nada, nadie se ha dado

cuenta. Olfateando nuestra música han comenzado a bailar, la salsa ha comenzado a humedecerles las entrepiernas. Eddi galvaniza las bombas de la batería, Roberto blande feliz el lanzallamas de la flauta, Ray levanta la trompeta al nivel de sus ojos listo para disparar. Nos pusimos las gafas de sol para ver mejor dentro de la ventisca de arena que levantaban las plantas pateadoras de los pies sonrosados, los jinquetazos de las caderas, la melcocha de los cuerpos que por allá jumea basculeaban frente a nosotros meneando su salazón. Atentos y perniabiertos los agentes se apostaban a ambos lados del estrado para observarlos, sus sonrisas de cera rancia derritiéndoseles por las comisuras de la boca.

Aspiro profundamente el humo de las azucenas, el perfume de la estrella azul que llevo hincada a los labios. Ahora es necesario recordarlo todo, las mechas de cordón de zapato dentro de las bombas, el filo amolado de las bayonetas dentro de las trompetas, el combustible más potente filtrado dentro de las flautas. Es necesario que los asista en todos los preparativos, oírlos, contentos, fundiendo los fuelles de sus instrumentos por los ranchones de Trastalleres o saltando del tingo al tango por los tinglados del Tíbiritábara mientras van ensayando, preparándose en los asaltos menores, en el incendio de alguna refinería pequeña, en la explosión de alguna fábrica de productos químicos o de afeites de mujer. Es necesario que los vea claramente y camine a su lado, los acompañe cuando entierran a los muertos de Tokio, vaya con ellos a curarles los chancros a las putas del muelle, les siga los pasos a las que abortan con gancho por los tugurios de tursi. Es necesario que yo también sea reverente, me arrodille frente a las cueras desnudas de los bares y deje que me ensangrienten la cara, me la estrujen contra sus sexos empolvados de escarcha, ayudarlas a colocarse amorosamente una hoja de jen en la palma de la mano, oculta en el fondo del pliegue de la vida, enseñarlas a hacer sus cruces de amor sobre las espaldas de los marines para grabar así de antemano nuestro pacto de sangre.

La imagen de la Virgen se detuvo por un momento sobre la corriente de cabezas inquietas, se bamboleó por unos segundos, perdido el rumbo, y se volcó sobre el piso expirando una nube de yeso por los fragmentos de la boca. Dimos entonces por fin el primer paso, nosotros, los maquinolanderos, en nuestra maquiná. Maquinitamelleva, gritamos, maquinitolandera, coreamos, chumalacatera, soneamos, bajo el mando de Ismael. Culatazos silbaban, brazos quebraban, piernas partían, se cerraban de golpe todas las válvulas, todos los cilindros, todas las compuertas de la represión. Hombres y mujeres elevaban al cielo su aullido al verse agredidos por los truculentos, por los treme mundos de cachiporra y espolón. Sabíamos lo que todos sabemos, señores, no sabíamos nada, no había nada nuevo, no sabíamos más. Empuñando garrotes, embragando bastones, los escarabajos golpeaban furiosos a su alrededor. Nosotros reímos, fogueados, calientes, soneamos los sones de nuestras calderas, cantamos felices, los dichos y lemas, bailamos en la jodienda de nuestro ritmo su sometimiento de siglos, su hambre milenaria de libertad. Entonces vimos como, en medio de nuestra música celestial, se encontraban y se reconocían, se saludaban salseando por los pasadizos empedrados de Salsipuedes, trepaban enardecidos por las alturas nevadas de Altoelcabro, bienaventurados, jugaban pelota por los jardines esmaltados de los Bravos de Boston, ilusionados, corcoveaban corceles de paso fino por las praderas cegadoras del Último Relincho, reconciliados, solidarios al fin, se abrazaban en comparsas de amor por los callejones resplandecientes de Honkong. Nosotros, los maquinolanderos, no sabíamos nada, señores, no había nada nuevo, no sabíamos más.

El altoparlante derramaba rezos mezclados a súplicas, a gritos de cabezas rotas rodando por entre las flores plásticas cuando escuchamos por primera vez el borboteo de una voz surgiendo por entre los fragmentos de yeso de la Virgen, una voz que derramaba una salsa gruesa sobre los cráneos abiertos, una salsa olorosa a laurel y a tomillo, a perejil florecido de almendras, una voz sangregorda y lenta, que resollaba por entre las ollas milenarias de guiso de carne prieta, una voz suave, borbollando malanga y yautía en lentos latones de sudor sangriento, que rezongaba por las barbillas descarnadas a golpes en gotas de orégano, una voz de ajos carajientos que maldecía dulcemente, quedamente. Era Ruz que había tomado el mando, era Ruz que abría para nosotros la boa desmesurada de su boca bajo las orbes planetarias de sus fosas nasales para respirarnos su paz, era Ruz que envolvía los anillos de su benevolencia alrededor de todas las macanas, de todas las manoplas, de todos los puños, era Ruz, rasgando los abismos de terciopelo negro de su voz para darnos tiempo, yo soy yo, cantaba la Negra de Ponce, La Borrachita, abriendo su glotis de morsa degollada al borde del abismo para distraerlos, yo soy yo, cantaba apacible la negra llena de Dios, la que seno entre los senadores y los amamanto con mi paz, la que los arrullo por la ensenada honda de mis senos. Yo soy yo, cantaba, despalillando sobre ellos las venas tiernas de su respiración, exhalándoles encima pulmones perfumados de hojas de tabaco para tranquilizarlos, para adormecerlos bajo los luceros de las noches tibias de sus recuerdos del ayer, para arrullarlos en los zafiros deshechos de su nostalgia, a la sombra de los bastiones de en mi Viejo San Juan.

Sentada impasible sobre su tarima de sapa monumental la vimos temblar por todos los flancos de su vientre al sentir los filos de las bayonetas rizándoselos en orlas, la vimos abrir cada vez más descarda las zanjas terráqueas de su respiración bajo las hojas de acero que le trinchaban los cachetes, la vimos seguir cantando gracias mundo mientras le esposaban al cuello palancas de nitrato, la vimos elevar la boa apacible de su voz en una última gárgola de amor antes de caer revolcándose desde lo más alto del estrado, envuelta en el tufo de su propia muerte pero bendiciéndonos, encomendándonos a las siete potencias con su eprianlola, con su lolamento, con el sollozo interminable de su lamento borincano.

Ellos creyeron entonces haber ganado la partida, elevaron al cielo su grito de celebración, sacudieron en alto cadenas y metralletas. Se dieron cuenta demasiado tarde de lo que sucedió. La hojalata de las ramas crujía rebotando balas, una lluvia de manoplazos arreciaba a nuestro alrededor cuando la descarga sísmica los elevó desprevenidos por el aire. Escaldados en pleno vuelo como pellejos hervidos quedaron colgando de los árboles, el magma luciferino de su espeso menstruo les salpicó en los ojos y los cegó. Era Lhusesita que había tomado el mando, era Luzferita la que se acercaba trepando en espiral, resbalando sus ojos de jueya por los costados candentes de las pailas, era la Luzbela, la macho de Luzbel el cortejo de Dios, heliogábala carnívora del sol, envergada para siempre por sus llamas, las piernas abiertas en dirección a oriente.

Era la Luz Más Bella, la grifa más engrifada de todas las grifas antillas, Lhusesita la del puño, la del coño en el carajo, la de los colmillos ajos, la negra más parejera que parió esta tierra santa, Lhusesita encandilada, la más atada de amor por su piel amor atada, la desatada de odio contra la injusticia blanca, Lhusesita la malvada, la mal decida de siempre por todos los ricos santos, la que rayó la payola de sus aureolas falsas, la que les rompió la cara con su jeta de campana, la prieta de la petrina, la de negros calcañares, la de los negros cantares, la negra de alma más negra clavada al cielo del Artico, de quien nunca se pudo decir esa negra de alma blanca, decente y morigerada, Lhusesita de cristal, la de la horquilla en el alba, la niña más compasiva, vejada de costa a costa por grosera y ordinaria, Lhusesita alucinada, la de los pies delicados, perdida por los caminos por los que pasas cantando, alumbrando las esperanzas de todos los desamparados, irguiendo tu cuerpo de bestia, ardiendo tu cuerpo de vesta, azotada, escarlatina, pero atizando los vientos con tu batola de lava.

Espesados por el pasmo, sopesados por el peso de las nubes de azufre que salían de su boca sin cesar, los escuadrones la rodearon amartillando sus rifles sin atreverse a ordenarle que callara, paralizados ante aquella santa satana erguida en dos patas frente a ellos, atormentada por la soufrière de su sufrimiento ante la miseria de los que la rodeaban, al contemplar sus cuerpos despellejados por el hambre, el espectáculo de aquella isla donde los habitantes sobrevivían en tumbas, recluidos en trabajos forzados, extraviados por los laberintos de las refinerías y de las fábricas donde trabajaban de sol a sol. De pronto comenzó a pasearse de un extremo a otro de la tarima, barriéndola con la zarpa de su cola, comenzó a pei-

narse con arrogancia las largas plumas de sus agallas sacu-
diéndose la crin de alacrana fuera de los ojos para ver mejor,
para medir mejor la distancia de los cilindros que la querían
encañonar. Comenzó por fin a cantar, inundando toda la isla
con la hemorragia de su voz, regándola con su sangre para
que germinara de nuevo, para reverdecerla roja de costado a
costado. Vomitando toda la basura del mundo por el vertede-
ro de su voz para purificarla, para purgarla de toda aquella
inmundicia en que la habían sumido.

Abro los ojos y observo la claridad del día empalideciendo
la ventana, siento el sudor del insomnio ardiéndome todavía
sobre los párpados. Me he pasado toda la noche buscándola,
tratando inútilmente de encontrarla. Puede llegar montada
sobre las espaldas de mamá, o quizá sobre las de Celia, galo-
pando enfurecida y ciega como suelen arribar los ángeles. Es
posible que llegue jineteando sobre el vientre gigantesco de
Ruz, o sujetándose a la pelambre irisada de las espaldas de
Lhuz, el hermoso cuello mulato enhiesto, y el cabello que el
viento esparce, mueve y desordena. Puede que todavía llegue
hasta mí, a horcajadas sobre el lomo de Yris, recargada hacia
atrás sobre la grupa de su caballería montada, apostada hacia
adelante sobre sus pechos de regimiento, tergiversando frente a mis ojos enloquecidos el fuoco de su caballera bermeja.

Me levanto del catre y me acerco a la ventana. Desde aquí
puedo ver el cuadrilátero calcinado del patio, las cuatro
esquinas rígidas como codos exactos. La distancia reconocida
durante el ejercicio diario me conforta, me hace distribuir
perfectamente centrado el peso de mi cuerpo sobre la planta
de los pies, me hace olvidar el balanceo inseguro del miedo.
La sombra del muro de la derecha es apenas un fa o un sol

sostenido, una barra de tinta negra reconcentrada en el piso, incrustada en ese ángulo preciso donde comienza la tierra sembrada de cemento. Apoyado contra el marco de la ventana he comenzado a sonear de nuevo, sonando, soñando. Cierro los ojos y me dispongo a esperarla, siento una vez más esa paz que me invade cada vez que recorro la distancia esteparia que le separa las sienes, el vértigo reconfortante que me produce asomarme por el embalse de sus mejillas en reposo. He comenzado una vez más a cantarla, a improvisarla a media voz bajo el ojo indulgente del vigilante de turno.

No hay mal que dure cien años, maribelemba, ni cuerpo que lo resista, cantamos, nosotros, los chumalacateros, Dios los cría y ellos se juntan, te digo quesosnegrosejuntan, sabíamos lo que todos sabemos, señores, no sabíamos nada. Traigounabomba, coreamos, comounatromba, quinteamos, suenasabroso, tumbeamos, bajo el mando de Ismael. Lhusesita parpadeaba cada vez más tenue por la línea del horizonte, empalidecía sobre los cogollos de las palmas, sobre el reflejo cincelado de las bandejas de las bahías. El polvorín de su voz se deshacía inofensivo sobre nuestras cabezas en luces de bengala cuando la vimos irse de boca sobre las cachas de Ruz. Yris la había empujado. Yris había observado su debilitamiento, había advertido la necesidad de un movimiento poderoso que arrastrara a las masas, que las redimiera en carne viva de una vez por todas. Bajando la cabeza, había aceptado humildemente el advenimiento de su momento, la hora temida de su conciliáculo, asistida hasta el altar por las preces de los profetas, por los rezos de los soneros aclamándote La Divina, la grúa de la pencas, la que todo lo levantas, cubierta de palomas blancas como por cartas de amor, requerida y requebrada por todos los que te aman, por todos los que te viven Yris la prometida, la pundonorosamente fiel, la novia, per sécula seculórum, de Kinkong, Papote y Siete Machos. Trepada sobre sus plataformas de oro que restallaban al sol se subió de un salto a la tarima y abrió lentamente sus piernas de colosa ante los ojos atéridos de la muchedumbre. Bajo el vértice invertido de su sexo apareció la pirámide del mar. Un viento de sal le silbó súbitamente entre los muslos y, dando un gran taconazo de catorce quilates sobre las tablas, comenzó a bailar.

Enjoyetada sobre los socos de sus tacones giraba por todas partes, sacudiendo su miráculo meticuloso en la cara de los desvanecidos y de los desaguados, alardeando su desnudez de posta humeante hasta hacerlos desesperarse, hasta hacerlos arrancarse capacetes y caretas, vestidos y guantes, hasta hacerlos empuñar metralletas y lanzallamas, rifles y macanas de los que escapaban escurriéndose entre la maleza, esgonzando la cadera y volviéndola a hundir al son de la cachapa, al son de la chacona, yo soy la checha, señores, sacúdanse, al son de su último elepé. Explotándolo todo con las calderas de sus caderas para arrasar con todo, para derribarlo todo antes de volver a empezar. Fulminando a los que tratan de detenerla con los fuetes de sus pezones, apresándolos en la tarraya de su melena roja, amenazando con no ponerle tranque jamás a su molino gigante de sandunguera sagrada. El lunar sobre su ojo derecho zumba implacable al ritmo de su voz, al ritmo enloquecedor de su Nolimetángere, de su Nometoques con los dedos salpicados de sangre, los macanazos la rozan cada vez más cerca y nadie se atreve a tocarla, la sangre agrietada cae a su alrededor y nadie se atreve a tocarla, le arrojan los perros encima y nadie se atreve a tocarla, se abalanzan sobre sus nalgas sagradas ahora ya sangradas y nadie se atreve a tocarla, lamen chillando la canela prieta de sus jamones en dulce y nadie se atreve a tocarla, sorben amansados para siempre el bienmesabe de su entrepiernas y nadie se atreve a tocarla, chaconeando las caras de sus enemigos con las valvas de su concha de oro, abollándoles la frente los cachetes los oídos con los cueros descuajados de sus odres sonrosados, hundiéndoles para siempre los ojos despavoridos con los tocones macizos de sus tacos al ritmo de su canto, al ritmo implacable de su voz incitando a la revolución.

Por fin ha entrado por las puertas de mi celda como quien pasa por las puertas de la gloria. El cuerpo helado erguido ante mí, destellando ira hasta enceguecerme, la observo, supurándola gota a gota por los ojos como un veneno mortal, destilándola lentamente por los surcos de mis mejillas en las lágrimas cristalinas de la yuca, cuajándola en el llanto de los siglos, en los sollozos de todos los descastados y de todos los oprimidos, de los destituidos y de los ajusticiados, de los abandonados para siempre por la esperanza, supurada de sangre por todas las heridas, empantanada de pus, encenegada de semen y enlodada de heces, parida con terror por entre feces et urinae saca la cara al sol y eschucho su grito:

Chúmalacateramaquinólandera
Chúmalacateramaquinólandera
Chúmalacateramaquinólandera
Chúmalacatera
Chúmalacatera

MAQUINÁ

El cuento envenenado

Y el rey le dijo al Sabio Ruyán:
   -Sabio, no hay nada escrito.
   -Da la vuelta a unas hojas más.
El rey giró otras páginas mas, y no
transcurrió mucho tiempo sin que
circulara el veneno rápidamente por su
cuerpo, ya que el libro estaba envenenado.
Entonces el rey se estremeció, dio un grito
y dijo:
   —El veneno corre através de mí.
Las mil y una noches

Rosaura vivía en una casa de balcones sombreados por enredaderas tupidas de trinitaria púrpura, y se pasaba la vida
ocultándose tras ellos para leer libros de cuentos. Rosaura.
Rosaura. Era una joven triste, que casi no tenía amigos; pero
nadie podía adivinar la razón para su tristeza. Como quería
mucho a su padre, cuando este se encontraba en la casa se la
oía reír y cantar por pasillos y salones, pero cuando él se mar-

chaba al trabajo, desaparecía cómo por arte de magia y se
ponía a leer libros de cuentos.

*Se que debería levantarme y atender a los deudos, volver a pasar
el cognac por entre sus insufribles esposos, pero me siento agotada. Lo
único que quiero ahora es decansar los pies, que tengo aniquilados;
dejar que letanías de mis vecinas se desgranen a mi alrededor como
un interminable rosario de tedio.* Don Lorenzo era un hacendado
de caña venido a menos, que sólo trabajando de sol a sol
lograba ganar lo suficiente para el sustento de la familia. *Primero Rosaura y luego Lorenzo. Es una casualidad sorprendente.*
Amaba aquella casa que la había visto nacer, cuyas galerías
sobrevolaban los cañaverales como las de un buque a toda
vela. La historia de la casa alimentaba su cariño por ella, porque sobre sus almenas había tomado lugar la primera resistencia de los criollos a la invasión hacía ya cien años.

Al pasearse por sus salas y balcones, Don Lorenzo sentía
inevitablemente encendérsele la sangre, y le parecía escuchar
los truenos de los mosquetes y los gritos de guerra de quiénes
en ella habían muerto en defensa de la patria. En los últimos
años, sin embargo, se había visto obligado a hacer sus paseos
por la casa con más cautela, ya que los huecos que perforaban
los pisos eran cada vez más numerosos, pudiéndose ver, al
fondo abismal de los mismos, el corral de gallinas y puercos
que la necesidad le obligaba a criar en los sótanos. No empe-
ce estas desventajas, a Don Lorenzo jamás se le hubiese ocurrido vender su casa o su hacienda. Se encontraba convencido
de que un hombre podía vender la piel, la pezuña y hasta los
ojos pero que la tierra, como el corazón, jamás se vende.

*No debo dejar que los demás noten mi asombro, mi enorme sorpre-
sa. Después de todo lo que nos ha pasado, venir ahora a ser víctimas*

de un pila de escritorcito de mierda. Como si no me bastara con la mondadera diaria de mis clientas. "Quién la viera y quien la vió", las oigo que dicen detrás de sus abanicos inquietos, "la mona, aunque la vistan de seda, mona se queda". Aunque ahora ya francamente no me importa. Gracias a Lorenzo estoy más allá de sus garras, inmune a sus bájeme un poco más el escote, Rosa, apriéteme acá otro poco el zipper, Rosita, y todo por la misma gracia y por el mismo precio. Pero no quiero pensar ya más en eso.

Al morir su primera mujer, Don Lorenzo se sintió tan solo qué, dando rienda a su naturaleza enérgica y saludable, echó mano a la salvación más próxima. Como naúfrago que, braceando en el vientre tormentoso del mar, tropieza con un costillar de esa misma nave que acaba de hundirse bajo sus pies, y se aferra desesperado a él para mantenerse a flote, así se asió Don Lorenzo a las amplias caderas y aún más pletóricos senos de Rosa, la antigua modista de su mujer. Celebrado el casorio y restituída la convivencia hogareña, la risa de Don Lorenzo volvió a retumbar por toda la casa, y éste se esforzaba porque su hija también se sintiera feliz. Como era un hombre culto, amante de las artes y de las letras, no encontraba nada malo en el persistente amor de Rosaura por los libros de cuentos. Aguijoneado sin duda por el remordimiento, al recordar como la niña se había visto obligada a abandonar sus estudios a causa de sus malos negocios, le regalaba siempre, el día de su cumpleaños, un espléndido ejemplar de ellos.

Esto se está poniendo interesante. La manera de contar que tiene el autor me da risa, parece un firulí almidonado, un empalagoso de pueblo. Yo definitivamente no le simpatizo. Rosa era una mujer práctica, para quién los refinamientos del pasado representaban un capricho imperdonable, y aquella manera de ser la malquistó con Rosaura. En la casa abundaban, como en los libros que leía la joven, las muñecas raídas y exquisitas, los roperos hacinados de rosas de repollo y de capas de terciopelo polvoriento, y los candelabros de cristales quebrados, que Rosaura aseguraba haber visto en las noches sostenidos en alto por deambulantes fantasmas. Poniéndose de acuerdo con el quincallero del pueblo, Rosa fue vendiendo una a una aquellas reliquias de la familia, sin sentir el menor resquemor de conciencia por ello.

El firulí se equivoca. En primer lugar, hacía tiempo que Lorenzo estaba enamorado de mí (desde mucho antes de la muerte de su mujer, junto a su lecho de enferma, me desvestía atrevidament con los ojos) y yo sentía hacia él una mezcla de ternura y compasión. Fue por eso que me casé con él, y de ninguna manera por interés, como se ha insinuado en este infame relato. En varias ocasiones me negué a sus requerimientos, y cuando por fin accedí, mi familia lo consideró de plano una locura. Casarme con él, hacerme cargo de las labores domésticas de aquel caserón en ruinas, era un especie de suicidio profesional, ya que la fama de mis creaciones resonaba, desde mucho antes de mi boda, en las boutiques de moda más elegantes y exclusivas del pueblo. En segundo lugar, vender los cachivaches de aquella casa no sólo era saludable sicológica, sinó también económicamente. En mi casa hemos sido siempre pobres y a orgullo lo tengo. Vengo de una familia de diez hijos, pero nunca hemos pasado hambre, y el espectáculo de aquella alacena vacía, pintada enteramente de blanco y con un tragaluz en el techo que iluminaba todo su vértigo, le hubiése congelado el tuétano al más valiente. Vendí los tereques de la casa para llenarla, para lograr poner sobre la mesa, a la hora de la cena, el mendrugo de pan honesto de cada día.

Pero el celo de Rosa no se detuvo aquí, sinó que empeñó

también los cubiertos de plata, los manteles y las sábanas que en un tiempo pertenecieron a la madre y a la abuela de Rosaura, y su frugalidad llegó a tal punto que ni siquiera los gustos moderadamente epicúreos de la familia se salvaron de ella. Desterrados para siempre de la mesa quedaron el conejo en pepitoria, el arroz con gandules y las palomas salvajes, asadas hasta su punto más tierno por debajo de las alas. Esta última medida entristeció grandemente a Don Lorenzo, que amaba más que nada en el mundo, luego de a su mujer y a su hija, esos platillos criollos cuyo espectáculo humeante le hacía expandir de buena voluntad los carrillos sobre las comisuras risueñas.

¿Quién habrá sido capaz de escribir una sarta tal de estupideces y de calumnias? Aunque hay que reconocer que, quién quiera que sea, supo escoger el título a las mil maravillas. Bien se ve que el papel aguanta todo el veneno que le escupan encima. Las virtudes económicas de Rosa la llevaban a ser candil apagado en la casa pero fanal encendido en la calle. "A mal tiempo buena cara, y no hay porqué hacerle ver al vecino que la desgracia es una desgracia," decía con entusiasmo cuando se vestía con sus mejores galas para ir a misa los domingos, obligando a Don Lorenzo a hacer lo mismo. Abrió un comercio de modistilla en los bajos de la casa, que bautizó ridículamente "El alza de la Bastilla", dizque para atraerse una clientela más culta, y allí se pasaba las noches enhebrando hilos y sisando telas, invirtiendo todo lo que sacaba de la venta de los valiosos objetos de la familia en los vestidos que elaboraba para sus clientas.

Acaba de entrar a la sala la esposa del Alcalde. La saludaré sin levantarme, con una leve inclinación de cabeza. Lleva puesto uno de mis modelos exclusivos, que tuve que rehacer por lo menos diez veces, para tenerla contenta, pero aunque sé que espera que me le acerque y le diga lo bien que le queda, haciéndole mil reverencias, no me da la gana de hacerlo. Estoy cansada de servirles de incensario a las esposas de los ricos de este pueblo. En un principio les tenía compasión: verlas languidecer como flores asfixiadas tras las galerías de cristales de sus mansiones, sin nada en qué ocupar sus mentes que no fuese el bridge, el mariposear de chisme en chisme y de merienda en merienda, me partía el corazón. El aburrimiento, ese ogro de afelpada garra, había ya ultimado a varias de ellas, que habían perecido víctimas de la neurosis y de la depresión, cuando yo comencé a predicar, desde mi modesto taller de costura, la salvación por medio de la Línea y del Color. La Belleza de la moda es, no me cabe la menor duda, la virtud más sublime, el atributo más divino de las mujeres. La Belleza de la moda todo lo puede, todo lo cura, todo lo subsana. Sus seguidores son legiones, como puede verse en el fresco de la cúpula de nuestra catedral, donde los atuendos maravillosos de los ángeles sirven para inspirar la devoción aún en los más incrédulos.

Con la ayuda generosa de Lorenzo me subscribí a las revistas más elegantes de París, Londres y Nueva York, y comencé a publicar en La Gaceta del Pueblo una homilía semanal, en la cual le señalaba a mis clientas cuales eran las últimas tendencias de estilo según los coutouriers más famosos de esas capitales. Si en el otoño se llevaba el púrpura magenta o el amaranto pastel, si en la primavera el talle se alforzaba como una alcachofa picuda o se plisaba como un repollo de pétalo y bullón, si en el invierno los botones se usaban de carey o de nuez, todo era para mis clientas materia de dogma, artículo apasionado de fe. Mi taller pronto se volvió una colmena de actividad, tantas eran las órdenes que recibía y tantas las visitas de las damas que venían a consultarme los detalles de sus úlitmas "tenues".

El éxito no tardó en hacernos ricos y todo gracias a la ayuda de Lorenzo, que hizo posible el milagro vendiendo la hacienda y prestándome el capitalito que necesitaba para ampliar me negocio. Por eso hoy, el día aciago de su sepelio, no tengo que ser fina ni considerada con nadie. Estoy cansada de tanta reverencia y de tanto halago, de tanta dama elegante que necesita ser adulada todo el tiempo para sentirse que existe. Que la esposa del Alcalde se alce su propia cola y se huela su propio culo. Prefiero mil veces la lectura de este cuento infame a tener que hablarle, a tener que decirle qué bien se ha combinado hoy, qué maravillosamente le sientan su mantilla de bruja, sus zapátos de espátula, su horrible bolso.

Don Lorenzo vendió su casa y su finca, y se trasladó con su familia a vivir al pueblo. El cambio resultó favorable para Rosaura; recobró el buen color y tenía ahora un sinúmero de amigas y amigos, con los cuales se paseaba por las alamedas y los parques. Por primera vez en la vida dejó de interesarse por los libros de cuentos y, cuando algunos meses más tarde su padre le regaló el último ejemplar de ellos, lo dejó olvidado y a medio leer sobre el velador de la sala. A Don Lorenzo, por el contrario, se le veía cada vez más triste, zurcido el corazón de pena por la venta de su hacienda y de sus cañas.

Rosa, en su nuevo local, amplió su negocio y tenía cada vez más parroquianas. El cambio de localidad sin duda la favoreció, ocupando éste ahora por completo los bajos de la casa. Ya no tenía el corral de gallinas y de puercos algarabeándole junto a la puerta, y su clientela subió de categoría. Como estas damas, sin embargo, a menudo se demoraban en pagar sus deudas, y Rosa, por otro lado, no podía resistir la tentación de guardar siempre para sí los vestidos más lujosos, su taller no acababa nunca de levantar cabeza. Fue por aquél entonces que comenzó a martirizar a Lorenzo con lo del testamento. "Si mueres en este momento", le dijo una noche antes de dormir, "tendré que trabajar hasta la hora de mi muerte sólo para pagar la deuda, ya que con la mitad de tu herencia no me será posible ni comenzar a hacerlo." Y como Don Lorenzo permanecía en silencio y con la cabeza baja, negándose a desheredar a su hija para beneficiarla a ella, empezó a injuriar y a insultar a Rosaura, acusándola de soñar con vivir siempre del cuento, mientras ella se descarnaba los ojos y los dedos cosiendo y bordando sólo para ellos. Y antes de darle la espalda para estinguir la luz del velador de la mesa de noche, le dijo que ya que era a su hija a quién él más quería en el mundo, a ella no le quedaba más remedio que abandonarlo.

Me siento curiosamente insensible, indiferente a lo que estoy leyendo. Hay una corriente de aire frío colándose por algún lado en este cuarto y me he empezado a sentir un poco mareada, pero debe ser la tortura de este velorio interminable. No veo la hora en que saquen el ataúd por la puerta, y esta caterva de maledicientes acabe ya de largarse a su casa. Comparados a los chismes de mis clientas, los sainetes de este cuento insólito no son sinó alfileterazos vulgares, que me rebotan sin que yo los sienta. Después de todo me porté bien con Lorenzo; tengo mi conciencia tranquila. Eso es lo único que importa. Insistí, es cierto, en que nos mudáramos al pueblo, y eso nos hizo mucho bien. Insistí, también en que me dejara a mí el albaceasgo de todos sus bienes, porque me consideré mucho más capacitada que Rosaura, que anda siempre con la cabeza en las nubes, para administrarlos. Pero jamás lo amenacé con abandonarlo. Los asuntos de la familia iban de mal en peor, y la ruina amenazaba cada vez más de cerca a Lorenzo, pero a éste no parecía importarle. Había sido seimpre un poco fantasioso y escogió precisamente esa época crítica de nuestras vidas para sentarse a excribir un libro sobre los patriotas de la lucha por la independencia.

Se pasaba las noches garabateando página tras página, desvariando en voz alta sobre nuestra identidad perdida disque trágicamente a partir de 1898, cuando la verdad fue que nuestros habitantes recibieron a los Marines con los brazos abiertos. Es verdad que, como escribió Lorenzo en su libro, durante casi cien años después de su llegada hemos vivido al borde de la guerra civil, pero los únicos que quieren la independencia en esta isla son los ricos y los ilusos; los hacendados arruinados que todavía siguen soñando con el pasado glorioso como si se tratara de un paraíso perdido, los políticos amargados y sedientos de poder, y los escritorcitos de mierda como el autor de este cuento. Los pobres de esta isla le han tenido siempre miedo a la independencia, porque preferirían estar muertos antes de volver a verse aplastados por la egregia bota de nuestra burguesía. Sean Republicanos o Estadolibristas, los caciques políticos todos son iguales y ellos saben bien de qué pata cojea cada cién pies que los rodea. Los ricos de esta isla son todos cojos de nacimiento, pero a la hora del tasajo vuelan más rápido que una plaga de guaraguaos hambrientos; se llaman pro-americanos y amigos de los Yanquis cuando en realidad los odian y quisieran que les dejaran sus dólares y se fueran de aquí.

Al llegar el cumpleaños de su hija Don Lorenzo le compró, como siempre, su tradicional libro de cuentos. Rosaura, por su parte, decidió cocinarle a su padre aquel día una confitura de guayaba, de las que antes solía confeccionarle su madre. Durante toda la tarde removió sobre el fogón el borbolleante líquido color sanguaza, y mientras lo hacía le pareció ver a su madre entrar y salir varias veces por pasillos y salones, transportada por el oleaje rosado de aquel perfume que inundaba toda la casa.

Aquella noche Don Lorenzo se sentó feliz a la mesa y cenó con más apetito que el que había demostrado en mucho tiempo. Terminada la cena, le entregó a Rosaura su libro, encuadernado, como él siempre decía riendo, "en cuero de corazón de alce". Haciendo caso omiso de los acentos circunflejos que ensombrecían de ira el ceño de su mujer, padre e hija admiraron juntos el opulento ejemplar, cuyo grueso canto dorado hacía resaltar elegantemente el púrpura de las tapas. Inmóvil sobre su silla Rosa los observaba en silencio, con una sonrisa álgida escarchándole los labios. Llevaba puesto aquella noche su vestido más lujoso, porque asistiría con Don Lorenzo a una cena de gran cubierto en casa del Alcalde, y no quería por eso alterarse, ni perder la paciencia con Rosaura.

Don Lorenzo comenzó entonces a embromar a su mujer, y le comentó, intentando sacarla de su ensimismamiento, que los exóticos vestidos de aquellas reinas y grandes damas que aparecían en el libro de Rosaura bien podrían servirle a ella de inspiración para sus nuevos modelos. "Aunque para vestir tus opulentas carnes se necesitarían varias resmas de seda más de las que necesitaron ellas, a mí no me importaría pagarlas, porque tú eres una mujer de adeveras, y no un enclenque maniquí de cuento," le dijo pellizcándole solapadamente una nalga. *¡Pobre Lorenzo! Es evidente que me querías, sí. Con tus bromas siempre me hacías reir hasta saltárseme las lágrimas.* Congelada en su silencio apático, Rosa encontró aquella broma de mal gusto, y no demostró por las ilustraciones y grabados

El cuento envenenado

ningún entusiasmo. Terminado por fin el examen del lujoso ejemplar, Rosaura se levantó de la mesa, para traer la fuente de aquel postre que había estado presagiándose en la mañana como un bocado de gloria por toda la casa, pero al acercársela a su padre la dejó caer, salpicando inevitablemente la falda de su madrasta.

Hacía ya rato que algo venía molestándome, y ahora me doy cuenta de lo que es. El incidente del dulce de guayaba tomó lugar hace ya muchos años, cuando todavía vivíamos en el caserón de la finca y Rosaura no era más que una niña. El firulí, o se equivoca, o ha alterado descaradamente la cronología de los hechos, haciendo ver que éstos tomaron lugar recientemente, cuanto es todo lo contrario. Hace sólo unos meses que Lorenzo le regaló a Rosaura el libro que dice, en ocasión de su vienteavo aniversario, pero han pasado ya más de seis años desde que Lorenzo vendió la finca. Cualquiera diría que Rosaura es todavía niña cuando es una mangansona ya casi mayor de edad, una mujer hecha y derecha. Cada día se parece más a su madre, a las mujeres indolentes de este pueblo. Rehusa trabajar en la casa ni en la calle, alimentándose del pan honesto de los que trabajan.

Recuerdo perfectamente el suceso del dulce de guayaba. Íbamos a un cocktel en casa del Alcalde, a quién tú mismo, Lorenzo, le habías propuesto que te comprara la hacienda "Los Crepúsculos", como la llamabas nostálgicamente, y que los vecinos habían bautizado con sorna la hacienda "Los Culos Crespos", en venganza por los humos de aristócrata que siempre te dabas, para que se edificara allí un museo de historia dedicado a preservar, para las generaciones venideras, las anodinas reliquias de los imperios cañeros. Yo había logrado convencerte, tras largas noches de empecinada discusión bajo el dosel raído de tu cama, de la imposibilidad de seguir viviendo en aquel

239

caserón, en donde no había ni luz eléctrica ni agua caliente, y en donde para colmo había que cagar a diario en la letrina estilo Francés Provenzal que Alfonso XII le había obsequiado a tu abuelo. Por eso aquella noche llevaba puesto aquel traje cursi, confeccionado, como en "Gone with the Wind", con las cortinas de brocado que el viento no se había llevado todavía, porque era la única manera de impresionar a la insoportable mujer del Alcalde, de apelar a su arrebatado delirio de grandeza. Nos compraron la casa por fin con todas las antiguedades que tenía adentro, pero no para hacerla un museo y un parque de los que pudiera disfrutar el pueblo, sino para disfrutarlo ellos mismos como su lujosa casa de campo.

Frenética y fuera de sí, Rosa se puso de pie, y contempló horrorizada aquellas estrías de almíbar que descendían lentamente por su falda hasta manchar con su líquido sanguinolento las hebillas de raso de sus zapatos. Temblaba de ira, y al principio se le hizo imposible llegar a pronunciar una sola palabra. Una vez le regresó el alma al cuerpo, sin embargo, comenzó a injuriar enfurecida a Rosaura, acusándola de pasarse la vida leyendo cuentos, mientras ella se veía obligada a consumirse los ojos y los dedos cosiendo para ellos. Y la culpa de todo la tenían aquellos malditos libros que Don Lorenzo le regalaba, los cuales eran prueba de que a Rosaura se la tenía en mayor estima que a ella en aquella casa, y por los cual había decidido marcharse de su lado para siempre, si estos no eran de inmediato arrojados al patio, donde ella misma ordenaría que se encendiera con ellos una enorme fogata.

Será el humo de la velas, será el perfume de los mirtos, pero me siento cada vez más mareada. No sé porqué, he comenzado a sudar y las manos me tiemblan. La lectura de este cuento ha comenzado a enconárseme en no sé cual lugar misterioso del cuerpo. Y no bien terminó de hablar, Rosa palideció mortalmente y, sin que nadie pudiera evitarlo, cayó redonda y sin sentido al suelo. Aterrado por el desmayo de su mujer, Don Lorenzo se arrodilló a su lado y, tomádole las manos comenzó a llorar, implorándole en una voz muy queda que volviera en sí y que no lo abandonara, porque él había decidido complacerla en todo lo que ella le había pedido. Satisfecha con la promesa que había logrado sonsacarle, Rosa abrió los y lo miró risueña, permitiéndole a Rosaura, en prueba de reconciliación, guardar sus libros.

Aquella noche Rosaura derramó abundantes lágrimas, hasta que por fín se quedó dormida sobre su almohada, bajo la cual había ocultado el obsequio de su padre. Tuvo entonces un sueño extraño. Soño qué, entre los relatos de aquel libro, había uno que estaría envenenado, porque destruiría, de manera fulminante, a su primer lector. Su autor, al escribirlo, había tomado la precaución de dejar inscrita en él una señal, una manera definitiva de reconocerlo, pero por más que en su sueño Rosaura se esforzaba en recordar cuál era, se le hacía imposible hacerlo. Cuando por fín despertó, tenía el cuerpo brotado de un sudor helado, pero seguía ignorando aún si aquel cuento obraría su maleficio por medio del olfato, del oído, o del tacto.

Pocas semanas después de estos sucesos, Don Lorenzo pasó serenamente a mejor vida al fondo de su propria cama, consolado por los cuidos y rezos de su mujer y de su hija. Encontrábase el cuerpo rodeado de flores y de cirios, y los deudos y parientes sentados alrededor, llorando y ensalsando las virtudes del muerto, cuando Rosa entró a la habitación, sosteniendo en la mano el último libro de cuentos que Don Lorenzo le había regalado a Rosaura y que tanta controversia había causado en una ocasión entre ella y su difunto marido. Saludó a la esposa del Alcalde con una imperceptible inclinación de cabeza, y se sentó en una silla algo retirada del resto de los deudos, en pos de un poco de silencio y sosiego. Abriendo el libro al azar sobre la falda, comenzó a hojear lentamente las páginas, admirando sus ilustraciones y pensando que, ahora que era una mujer de medios, bien podía darse el lujo de confeccionarse para sí misma uno de aquellos espléndidos atuendos de reina. Pasó varias páginas sin novedad, hasta que llegó a un relato que le llamó la atención. A diferencia del resto, no tenía ilustración alguna, y se encontraba impreso en una extraña tinta color guayaba. El primer párrafo la sorprendió, porque la heroína se llamaba exactamente igual que su hijastra. Mojándose entonces el dedo del corazón con la punta de la lengua, comenzó a separar con interés aquellas páginas que, debido a la espesa tinta, se adherían molestamente unas a otras. Del estupor pasó al asombro, del asombro pasó al pasmo, y del pasmo pasó al terror, pero a pesar del creciente malestar que sentía, la curiosadad no le permitía dejar de leérlas. El relato comenzaba: "Rosaura vivía en una casa de balcones sombreados por enredaderas tupidas de trinitaria púrpura . . .", pero Rosa nunca llegó a enterarse de cómo terminaba.

Índice

Índice